本色文丛·柳鸣九　主编

美色有翅

——卞毓方散文精选

卞毓方／著

海天出版社（中国·深圳）

图书在版编目（CIP）数据

美色有翅：卞毓方散文精选 / 卞毓方著.
—深圳：海天出版社，2016.6
（本色文丛）
ISBN 978-7-5507-1587-5

Ⅰ.①美… Ⅱ.①卞… Ⅲ.①散文集－中国－当代
Ⅳ.①I267

中国版本图书馆CIP数据核字（2016）第057699号

美 色 有 翅
MEISE YOU CHI

深圳出版发行集团
海 天 出 版 社

出 品 人　聂雄前
责任编辑　孙　艳
责任技编　蔡梅琴
装帧设计　深圳斯迈德设计
　　　　　Smart 0755-83144228

出版发行　海天出版社
地　　址　深圳市彩田南路海天大厦（518033）
网　　址　www.htph.com.cn
订购电话　0755-83460293（批发）0755-83460397（邮购）
印　　刷　深圳市新联美术印刷有限公司
开　　本　787mm×1092mm　1/32
印　　张　9
字　　数　149千
版　　次　2016年6月第1版
印　　次　2016年6月第1次
定　　价　35.00元

卞毓方，1944年生于江苏，先后毕业于北京大学和中国社科院研究生院。早年攻读日文，转事国际新闻，长期服务于《经济日报》《人民日报》。中年后皈依文化，一笔在手，犹如"乾坤圈"在握，唯觉文能补气、文能丰神、文能御侮、文能敌贼。

著有《岁月游虹》《妩媚得风流》《雪冠》《长歌当啸》《煌煌上庠》《清华其神，北大其魂》《天意从来高难问》《历史是明天的心跳》《千手拂云，千眼观虹》《金石为开》《千山独行》《寻找大师》《浪花有脚》等作品。尝谓少年比的是才气，中年比的是学问，老年比的是人品、人格。

总序一

深圳市海天出版社似乎颇有点"散文随笔情结",前些年,他们请季羡林先生主编了一套"当代中国散文八大家"丛书,效果甚好。于是,他们再接再厉,又策划出新的书系"世界散文八大家"。可惜此时季老先生已经仙逝,他们只好退而求其次,请柳某出面张罗。此"世界散文八大家",召集实不易,漂洋过海,总算陆续抵岸。接着,海天出版社又策划了一套新的文丛,以现今健在的著名文化人的散文随笔为内容。大概是因为柳某与海天出版社有过愉快的合作,自己也常写点散文随笔,又身居"人杰地灵"的北京,便于"以文会友",于是,他们又要柳某出面张罗。这便是这套书系产生的来由。

什么是散文随笔? 前几年,一位被尊为大师的权威人士曾斩钉截铁地谓之为"写身边琐事"。我曾努力去领悟其要义,但就自己有限的文化见识,总觉得这个定义似乎不大靠谱。就"身边"而言,散文随笔的确多写与自己有关的人或事,但远离自己的人与事入文而成经典散文者实不胜枚举;就"琐事"而言,散文随笔写人写事的确讲究具体而入微，见微知著，以小见大。但以经国大业、社稷宏观、高妙艺文、深奥哲理为内容的名篇也常见于史册。不难看出，对于散文随笔而言，"题材不是问题"，任何事物皆可入散文，凡心智所能触及的范围与对象，无一不可成就散文也。故此，窃以为个人心智倒是散文的核心成分。

那么，究竟何谓散文呢？散文的基本要素究竟是什么呢？如果用定义式的语言来说，散文就是自我心智以比较坦直的方式呈现于一定的语言文学形式中。而自我心智者，或为较隽永深刻的自我知性，或为较深切真挚的自我感情。说白了，如果是思想见解，当非人云亦云，而多少要有点独特性，多少要有点嚼头与回味；如果是情感心绪，那就必须是真实的、自然的、本色的、率性的，而要少一些矫饰，少一些虚假，少一些夸张。是的，尽可能少一些，如果不能完全杜绝的话。诗歌中常有的那种提升的、强化的、扩大的感情似乎不宜入散文，还是让它得其所哉，待在诗歌里吧。

至于"一定的语言文学形式"，不外意味着两点，一是非韵文的，这是散文有别于诗歌的最明显的标志；二是要有一定的修饰技巧，一定的艺术化，这则是散文随笔不同于公文告示、法律条文、科普说明以及各种"大白话"的重要标志。

这便是我所理解的散文随笔。我在自己的学术专业之外也经常写一些散文随笔，就是按照自己以上的理解来"炮制"的。今天，我被委以主编重任，也是按照自己以上的理解来操作的。至于我在自己的散文随笔中是否完全实践了自己的理念，是否达到自己的理念，在这次主编工作中是否有不合理、不入情的要求与安排，那就很难说了。呜呼，知与行的脱节与矛盾，人的永恒悲剧也。

出版社在策划这个书系的时候，规定约稿对象为当今的文化名家。当今的文化名家种类何其多也：有在荧屏上煽情与讲道的主持人，有靠摆 pose 与哭功而大富特富的影视大腕，有靠搞笑与搞怪出位的演艺奇才……人人都在写散文随笔，这大有成为当今散文随笔的主旋律之势。但按我个人的理解，这里所讲的文化名家不外是两种人，即具有作家文笔的著名学者与具有学者底蕴的著名作家，这两者的所长正是我对何为散文理解中所谓的"心智"这一大成分。

由于我自己的圈子所限，第一辑的约稿对象全是上述的第一种人，即具有作家文笔的著名学者，而且基本上都是弄西学的学者或游学国外多年的学者，多散发出一点"洋味"的人。

学者写散文似乎有点"不务正业"，有点越界，侵入了文学家地盘。但对于学者来说，特别是对人文学者来说，却完全是兴之所至，是一种必然。他本来就有人文关怀、人文视角、人文感情，这种心智状态、心智功能，一触及世间万物，就莫不碰撞出火花。只要有一点舞文弄墨的兴趣、冲动与技能，自然而然就会产生出有点意思的散文随笔了。虽说舞文弄墨也是一种专门技能，需要培养与操练，但对于弄西学的人文学者来说，整天在世界文库里打滚，耳濡目染，这点技能是可以无师自通的。况且，人文学者于散文创作更有自己的优势，毕竟，他的知性是向全人类精神文化领域敞开的，他的目光是向全世界各种事物投射的。其散文随笔的题材，自是更为丰富多样，投射观察的目光自是更为开阔高远。而得益于世界各种精神文化的滋养，其可调配的颜色自是更为丰富多彩。说不定，也许我们这个时代有意思的散文随笔正是出自学者笔下呢，学者散文实不容当代文学史家忽视也……

所以，我有理由相信，这一套"本色文丛"多多少少会给文化读者带来一点不一样的感觉。

柳鸣九
2012年5月于北京

总序二

"本色文丛"的缘起,我已经在前序中做了说明。只不过,在受托张罗此事的当时,我只把它当作一笔"一次性的小额订单":仅此一辑,八种书而已,并无任何后续的念头与扩展膨胀的规划。于是,就近在本学界里找了几位对散文随笔写作颇感兴趣、颇有积累的友人,组成了文丛第一辑共八种。出版后不久,我正沉浸在终结了一项劳务后的愉悦感之际,海天社出我意料地又提出了新的要求:要柳某把"本色文丛"继续搞下去,而且不排除"做到一定规模"的可能……看来,我最初的感觉没有错:海天社确有散文情结,不是系于一般散文的"情结",而是系于"文化散文"的情结。而且,也不仅仅于此一点点"情结",而是一种意愿,一种志趣,一种谋划,一种努力的方向,一种执着的决断。

果然,最近我从海天社那里得到确认,他们要在深圳这块物质财富生产的宝地上,营造出更多的郁郁葱葱的人文绿意,这是海天社近年来特别致力的目标。

在物欲横流、急功近利、浮躁成性、人文精神滑落,正能量价值观有时也不免被侧目不顾的社会环境中，在低俗文化、恶俗文化、恶搞文化、各种色调的（纯白的、大红色的、金黄色的）作秀文化大行于道、满天飞舞的时尚中，在书店一片倒闭声中，有一家出版社以人文文化积累为目的，颇愿下大力气，从推出"世界散文八大家"丛书再进而打造一套"本色文丛"，这种见识、这份执着、这份勇气是格外令人瞩目的。

海天出版社要的文化散文，不言而喻，即文化人的精神文化产品。关于文化人，我在前序中有过这样的理解：主要是指有作家文笔的学者与有学者底蕴的作家。如果说"本色文丛"第一辑的作者，基本上是前一种人，第二辑则基本上都是第二种人。这样，"本色文丛"总算齐备了文化散文的两种基本的作者类型，有了自己的两个主要的基石，形成了一个初步的平台。

不论这两种类别的人有哪些差别，但都是以关注社会的人文状况与人文课题为业。其不同于以经济民生、科技工艺、权谋为政、运营操作为业者，也不同于穿着文化彩色衣装而在时尚娱乐潮流中的弄潮者，也可以说，这两种人甚至是以关注人文状况与人文课题为生，以靠充当"精神苦役"（巴尔扎克语）出卖气力为生，即俗称的"爬格子者"。他们远离社会权位和财富利益的持有与分配，其存在状态中也较少地掺和着权谋与物质利益的杂质，因而其对社会、人生、人文，对自我、对人生价值也就可能有更为广泛，更为深刻，更为真挚的认知、感受与思考。

在时下这个物质功利主义张扬、人文精神滑落的时代环境中，且提供一些真实的，不掺杂土与沙子的人文感受、人文思考，为我们这个时代留下一份份真情实感的记录，留下一段段心灵原本的感受，留下一幅幅人文人生的掠影，这便是"本色文丛"所希望做到的。

柳鸣九

2014年1月于北京

总序三

存在决定本质。

本质不是先验的，不是命定的，而是创造出来的，是发展出来的，是作出来的，做出来的，是自我选择的结果，是自我突破与自我超越的结果。对于一个人的发展是如此，对于"本色文丛"何尝不是如此。

"本色文丛"已经有了三辑的历史，参加三次雅聚的已有二十四位才智之士。本着共同的写作理念，各献一册，异彩纷呈，因人而异，一道人文风景已小成气候。而创建者海天出版社则面对商品经济大潮、低俗文化、功利文化与浮躁庸俗风气的包围，仍"我自岿然不动"地守望人文，坚持不懈。合作双方相得益彰，终使"本色文丛"开始显露了自己的若干本色。最为明显的事实是，参加本"文丛"雅聚的终归就是两种人——即具有作家文笔的学者与具有学者底蕴的作家。这构成了"本色文丛"最主要的本色。以学者而言，散文本非学者的本业，对散文写作有兴趣而又长于文笔、乐于追求文采者实为数甚少；以作家而言，中国作协虽号称数十万成员，真正被读书界认为有学者底蕴、厚实学养、广博学识者，似乎寂寂寥寥。"本色文丛"所倚仗的虽有这两种人，但两者加在一起，在爬格子的行业中也不过是"小众"，形成不了一支"人马"，倒有点elites（精英）的味道了。这是中国文化昌盛、文学繁荣的正常表征，还是反映出文化、文学现状的底气不充足、精神不厚实，我一时还不好说。

实事求是地说，我个人在"本色文丛"中的"潜倾向"是更多地寄希望于"有作家文笔的学者"，这首先与我职业的限定性与人脉的局限性有关。我供职于学术研究单位，本人就是学林中的一分子，活动在学者之中较为便利，较为得心应手；而于作家界，我是游离的、脱节的，虽然我也是资深的作家协会会员，是两届作家代表大会的代表。但更为重要的是我对散文随笔的认识（或者说是"偏见"）所致，在我看来，散文随笔这个领域本来更多的是学者的、智者的、思想者的天地。君不见散文随笔的早期阶段，哪一位开拓了这片天地的大师不都是这一类的人物？英国的培根、法国的蒙田、美国的爱默生……也许，因为散文随笔的写作相对比较简易、便捷，不像小说、诗歌、戏剧那般需要较复杂的艺术构思，对于笔力雄健、下笔神速而又富有学养的作家而言，似乎只是"小菜一碟"，于是，作家中有不少人也在散文随笔方面建树甚丰，如雨果、海涅、屠格涅夫以及后来的马尔罗、萨特、加缪等。马尔罗是先有小说名著，后有散文巨著《反回忆录》；萨特与加缪，则一开始就是小说、戏剧创作与散文写作左右开弓的。不管怎样，主要致力于形象创造的作家，如果没有学者的充沛学养、丰富的学识，没有哲人、思想者的深邃，在散文随笔领域里是写不出一片灿烂风光的。

以文会友之聚的参加者是什么样的人，自然就带来什么样的文，自然就带来什么样的文气、文脉、文风、文品，甚至文种。"本色文丛"的参与者，不论是有作家文笔的学者，还是有学者底蕴的作家，其核心的特质都是智者，都是学人，都是真正意义上的文化人。而不是写家、写手，更不是出自其他行当，偶尔涉足艺文，前来舞文弄墨、附庸风雅一番的时尚达人。因而，他们带来的文集，总特具知性、总闪烁着智慧、总富含学识、总散发出一定的情趣韵味。如果要说"本色文丛"中的文有什么特色的话，我想，这大概可以算吧！对此，我不妨简称为学者散文、知性散文。我把"学者"二字作为一种散文的标记、"徽号"，并没有哄抬学者，更没有贬低作家的意图与用意。以"学者"来称呼一个作家，或强调一个作家身上的学者的一面，绝非贬低，而是尊敬。刘心武先生在他的自我简介中，干脆就把自己的学者头衔置于他的作家头衔之前，可见他对自己的学者身份的重视。我想，这是因为他从自己的"红学"研究里，深知"学"之可贵、"学"之不易。我且不说"学"对于人的修养、视野、深度、格调的重要意义，即使只对狭义的具体的写作而言，其意义、作用也是不可估量的。

学者散文的本质特征何在？其内核究竟是什么？其实，学者散文的内核就是一个"学"字，由"学"而派生出其他一系列的特质与元素。有了"学"，才有见识，才有视野，才有广度，才有大气；有了"学"，才有思想闪光，才有思想结晶，才有思想深度，才有思想力度；有了"学"，才有情趣，才有风度，才有雅致，才有韵味。从理论逻辑上来说，学者散文理当具有这些特质、优点、风致，至于实际具有量为多少，程度有多高，是因人而异的。其取决于每个人不同的经历、学历、学养、学科背景、知识结构、悟性、通感、吸收力、化解力、融合力等主观条件。

就人的阅读活动而言，不论是有意地还是无心地去读某一部、某一篇作品，总带有一定的需求与预期，总是为追求一定的愉悦感与审美乐趣才去读或者才读得下去的。如果要追求韵律之美、吟哦之乐，以及灵魂与主观精神的酣畅飞扬，那就会去找诗歌；如果要观赏社会生活的形象图景、分享人物命运际遇的悲欢苦乐，那就会去找小说与戏剧。那么，如果读的是散文随笔，那又是带着什么需要、什么预期呢？散文随笔既不能提供韵律之美、吟哦之乐，也不能提供现实画卷的赏鉴之趣，它靠什么来支付读者的阅读欣赏的需求？它形式如此简易，篇幅如此有限，空间如此狭小，看来，它只有靠灵光的一闪现、智慧的一点拨、学识的一启迪了。如果没有学识、智慧与灵光，散文随笔则味同嚼蜡矣，即使辞藻铺陈、文字华美。而学识、智慧与灵光，则本应是学者的本质特征与精神优势。因此，在散文随笔天地里，自然要寄希望于学者散文，自然要寄希望于学者写散文，自然要寄希望于多多展示弘扬学者散文了。

这便是"本色文<u>丛</u>"的初衷、"本色文<u>丛</u>"的"图谋"、"本色文<u>丛</u>"的宿愿，而这，在物欲横流、人文滑坡、风尚低俗、人心浮躁的现实生活里，未尝不是一股清风、一剂清醒剂。

柳鸣九

2015年9月8日于北京

目录

第一辑

思 ·································· 2

雪　冠 ····························· 5

烟云过眼 ··························· 9

紫陌红尘 ··························· 16

登临骋目 ··························· 20

追忆北大三老 ······················· 23

在厉以宁家做客 ····················· 31

少年沉浮 ··························· 36

心　读 ····························· 41

拳坛独语 ··························· 45

第二辑

张家界 ……………………………… 52

山中天籁 …………………………… 56

三 峡 ………………………………… 61

南风如水 …………………………… 67

水调歌头 …………………………… 73

浪花有脚 …………………………… 79

犹太三星 …………………………… 84

海天摘云 …………………………… 92

第三辑

美女如何升华为美神 ……………… 102

二十世纪的绝唱 …………………… 111

乾坤一掷 …………………………… 119

大气磅礴的舞魂 …………………… 126

美色有翅 …………………………… 133

风中的杰奎琳 ……………………… 138

少女的美名像风 …………………… 143

断 虹 ………………………………… 148

美丽没有终点 ……………………… 155

矶石上的神谕 ……………………… 162

第四辑

皇皇上庠 ……………………………… 174

思想者的第三种造型 ……………………… 191

千山独行 ………………………………… 208

魔鬼再访钱锺书先生 ……………………… 236

文天祥千秋祭 …………………………… 251

第一辑

思

思故乡，在京城。小时候，故乡鲜嫩如一湖绿菱，我是波光上的一只蜻蜓；长大了，故乡挺拔如一株大树，我是茂叶间的一只候鸟。随着书越读越厚，距离也愈拉愈远，直至隔着了千山万水，却常就对了故乡的名字发愣。射阳，射阳？啧啧，怎地偏叫了这两个字？与人交往，自报家门，脱不了如此这般地解释："射箭的射，太阳的阳。"对方就有惊讶的了："哇，你们是后羿的后代呢！"有几年为避忌讳，介绍到籍贯，总要递补一句："射，古汉语有多种含义，这里作追逐追求解。"不曾想，后羿的附会，转而又变成了夸父的附会。

思京城，在羁旅。偶想，京城之于我，在于它是一座五星级的摩天楼，一座在某个角落里搁有一张床，一张完全属于我的床的摩天楼；虽然那床远不够宽，远不够长。又想，京城之诱惑，在于它是一台最现代的电脑，储存最丰富的是文化，最够分量的是政治，最牵扯人心的是经济，当然还有四五六七，当然还有方方面面。只要你具备了操作能力，无论查询个什么组合个什么或是创造个什么，都只要轻轻一击键位，就成。如是而已，岂有它哉，岂有它哉。

思中国，在国外。饥时，中国是一道淮扬菜；渴时，中国是一瓢长江水；望月时，中国是一则吴刚伐桂的神话；低回时，中国是一首唐诗；节日遥望，中国，是半天空缤缤纷纷的焰火；有一次为采访某个世界经济会议，在高速路上疾奔了六个小时，赶到会场，一摸脑瓜，中国，就只剩了两个词组——改革与开放。

思昨天，在今天。昨天，是胡松华的《赞歌》，是徐迟的《哥德巴赫猜想》，是五连冠的中国女排，还有，罗中立的《父亲》，还有，一位白发皤然的母亲。那是出于一次偶遇：沂蒙山余脉，山道口，一位卖酸枣的老妪。满脸皱褶，渲染出山地的艰辛，气色却是最好，显出近来的福泰。我想就这山脉为背景，和老人家合照一像。不哩，老妪摆手，你得先付合影费。同伴敏捷，暗中按动了快门，谁知老妪的反应也是出奇，只见她一手掩脸，一边飞快地转身；回过头来又直嚷嚷要没收胶卷。尔后冲洗出来，便成了这样一种仓促的历史定位。

思今天，在明天。明天不能预支，但可以设想，不闻"后之视今，亦犹今之视昔"的么？也不是绝对不能预支，我就预支过一回，是在梦中。梦见五百年后，一帮闲人在争论二十世纪的演义，甲说应这般这般，乙说应那般那般，丙又说应这般这般那般那般，一时面红耳赤，僵在那里。末了齐来征求我的高见。我清清喉咙，刚要开口，梦便醒了，争论自然也就没了下文。也罢，且把裁判的权利完完整整地留给后人。

　　思一己，在身外。天苍苍何高也，地茫茫何阔也，亿万年的天光地气，日精月华，交融到一点，灵光激射，才诞生了这么一条鲜活活的生命。你说有光，便多半有光，汇集聚拢来的宇宙本源之光，生命本源之光；像一颗星，尽职地守在自己的方位，在无垠的时空。你说无光，便肯定无光，始也默默，终也默默，徒然浪费了宇宙的昂贵能源。但对宇宙本身来说，这泯灭又算得了什么呢？压根儿就不值得投去一声叹息。

雪　冠

　　老人头顶为明月，为银发，座下为阳台，为疏影；明月虚悬在中秋的玉宇，银发灿烂在八十六岁的高龄，阳台在第三楼，疏影在书斋之南、纱窗之北。

　　如约，我是于黄昏后来到老人的寓所。彼时月儿已升上东天，朗朗的清光泼满了阳台；投映于嵌在北壁的巨幅明镜，左右遂浮现两处书斋，两位寿翁侧影，两窗溶溶月色。

　　"你是准备了好久的。"老人今晚的兴致显得很好，欣然问我，"说吧，说说你最想问的是什么？"

　　"评论家们十分推崇您的著述，尤其称道您数十年如一日的苦心孤诣，为弘扬中华文化做出了巨大牺牲。但是，据说您曾对弟子讲，那都是一厢情愿的瞎猜。并且声言，在这世界上，真正吃透您创作动机的，只有一个人。您能否告诉我，什么才是您著述的动力？谁又是您唯一的知音？"

　　"这……"老人转入沉吟，"假如我要求你不得公布真名呢？"

　　说罢，老人仰了头去望明月；头顶的银发，在月色下更见其灿烂晶莹，俄然一顶雪冠。

　　"行，绝对遵守。"

　　"说出了怕要使你失望。"老人用手去扶眼镜，镜片，正映了两轮古色古香的圆月。

　　"你有过初恋吗？初恋，一般都不会有什么结果的，而我却有。"老人一字一顿，"我的这些成就，都与它有关。"

　　"这么说，您太太，就是您初恋的对象了。"

　　"不是。"老人回答得很果决，"那是最终的婚姻，不是初恋。初恋很美，它就像今晚的明月，既古典，又浪漫，既古老，又青春。

　　"我的初恋是在故乡，是在太湖边那个小桥流水的集镇。对象是邻居的一位女子。谈不上青梅竹马，两小无猜倒是实实在在的。自小常在一处玩耍，心就往一地生了根。若不是尔后镇上突然来了一位洋学生，我是一定要娶她为妻的呢。

　　"你猜得对，那位洋学生最终娶了她。她的父亲——我曾期待成为岳父的长者，托人传话于我：人家是学贯中西的博士，你是什么？

　　"女子本人的态度么？唉……不说也罢。反正，她是跟着那洋学生去了上海。我想想看，那是 1928 年年底，她走的那一天，落了好大的雪，镇头的一棵老槐树都被压折了的。

"自她嫁后，我在家乡就一天也待不下去了。不久，我也出走上海读书。而后又跟着她迁居的脚步，转来北平谋事。我发了狠心，几十年如一日地埋头学问，实际上，实际上（老人的瞳仁深处也喷涌出两轮明月），就是想通过生命的超常释放，让她强烈感知，我也是生活在这个城市。我俩呼吸的是同宗的空气，饮的是同源的水。

"是，是有点像单相思。若干年来，走在大街上，每见到娇小玲珑的女子背影，我总疑心那就是她，而发脚追上去，瞧个究竟的哩。不怕你笑，前些日在美术馆看画，偶然瞥见一个倩影，我的心就怦怦跳，仿佛犹生活在故乡小镇，生活在青春年代的梦里。这么多的岁月都流走了，我从来没想过她也和我一样，头上会生白发，脸上会起皱纹，牙会落，背会弯。在我的心目中，她是永远不变的江南少女。

"是的，她仍健在。她的丈夫，那个当年的洋学生，倒是在早几年就故去了，报上发了讣告的。"

"那么，您是否想再跟她见一面呢？"我想起了报纸上登过的，说东瀛有一种公司，专门替老人寻找初恋的情人。看来，这种白发游戏在神州也很有市场。

"不，不。"老人大摇其头，"我这大半生，都是在她妈然一笑的回眸下，走过来的。今生，她是我中秋的明月，回忆的鲜花，生命的女神，学问的缪斯。如今，在这把年纪，在这种份上，倘若再要见面，只怕一切美而且纯而且神秘的心影，都要跌个粉碎了；只怕我有生之年，再也做不来学问了。我这又是何苦来哉？！"

我恍然。相对无言中，老人抬头又去眺望中秋的明月。眼镜片上就又映照着两轮皎月。左眼的一轮，该是隐着少女时代的她了；右眼的一轮，该还是隐着少女时代的她。左右两轮皎月拱卫着的，则是头上一顶温柔圣洁的雪冠。

烟云过眼

生平爱读，读书，读画，读人，读戏，读日，读月，读山，读水，诸情之外，更有一好，读云。你要是跟我一起待过新疆腹地的大漠，入夜，看我怎样独处在空空落落阒阒寂寂的招待所，推开南北四扇长窗，瞪圆期待的双眼，搜索，在灯火难见一粒、虫鸣难闻一声、连鬼火也难见一闪的旷野上，搜索生命的痕迹；而白天，看我怎样酷立在公路边的一株疏杨下，透过稀稀拉拉摇摇欲坠的叶片，仰待，如泰山之候日出，苦旱之望云霓，仰待烈日下哪一方水汽凝而为云，哪一朵云彩化而为羽翼，为白衣，为苍狗，便知我之于云或云之于我，是如何的相契相得。"黄沙碛里客行迷，四望云天直下低。"云是高邈，云是生动。粗读见其悠闲，细读见其诡谲，横读见其广袤，纵读见其深邃。读云，如读人生，读野史。

读云，也并非仰待就得的易事，尤其是久居京城。一千多万人呼吸其间踢踏其间奋翼其间的大都市，自然是人气鼎盛而氛埃飞扬，常年里红尘滚滚，不，灰尘蒙蒙，在城市上空网下一道恼人的雾障。灰囚其中，在我，岂但肺叶跟着受累，连向云海漫游的乐趣，也几乎被扼

在山巅读云

杀。为了疗饥，常常就一个人跑去西山，向都市外的浮云，放纵一番望眼；甚或，躲在郊区的某处密林，搜听，搜听过路云雀的颤音。觅不到"晴空一鹤排云上"的诗情，能听一听云雀的丽歌，至少也是个安慰。

都市读云，也不乏快乐的记录。去秋的一个傍晚，我从通县回城，车行至三元桥立交桥，正值一场豪雨初霁。猛抬头，迎面一大幅晚霞铺天盖地挂起。仿佛天庭在召开盛大的庆典，所有的光帜霓旌凤驾鸾辇云涛风帆，都从匿身的山岫涌出。我忙请司机在不远处的道旁停车。就那样一脚踩着车门，一脚踏在水泥地面，痴痴地，痴痴地翘首凝神。没曾想眨眼工夫，身后便拢来一大片行人。也一律地仰了脖颈，向天空张望。你道他们在看什么？看……云？心下正在纳闷，

忽听公共汽车上有人大呼："哥们，看啥哪？"便有一后生回答："飞碟！刚刚闪过头顶。"我闻言为之绝倒。这都市的世纪性幽默，尔后伴我度过多少寂寞的黄昏。

说起快意地读云，还要数乘飞机出游。情形和地面正好相反，你无须仰了脖颈，倒是要俯瞰，即文学作品里常说的那种鸟瞰。云虽然擅于爬高，无奈到了海拔三千米左右，也就到了极限。飞机这种钢铁的大鸟，却可以升得更高，更高。坐在机舱里，如果你恰巧靠近窗口，那么，你既可以静心感悟庄子笔下"鹏之徙于南冥"，"怒而飞，其翼若垂天之云"，"抟扶摇而上者九万里"的磅礴，也可以尽情浏览，浏览一路迢迢相送的云彩。王安石说"不畏浮云遮望眼，只缘身在最高层"，那是指摆脱飞来峰下乱云的干扰，目光射向天外。而我，每当从飞机上向下看，倒宁愿有浮云来障碍视线，因为那样一来，下界就愈显得遥远和神秘。

在连嶂竞起群峰耸翠的山地上空读云，你会惊讶于稼轩公"我见青山多妩媚"乃神来之笔。绿是山的广谱的了，在阳光的激射下，有一簇树冠，就有一蓬荧荧熠熠的绿焰。这绿焰落在峰巅，便燃起鹅黄嫩碧，落在峰腰，便燃起茫茫苍苍，落在幽谷，便越过苍茫，燃起一派深蓝浅黛。而这时，恰恰在这时，一群又一群游荡的云彩打斜刺里飞来。云隔断了阳光，在复调的山脉间筛下斑斑驳驳的阴影。云有高低浓淡，影有深浅错落。但主旋律，都是一色翠微。光与影复携手在层峦叠嶂间搅起一团又一团的岚雾，引诱你的视觉，一步一步，直向了云蒸霞蔚的审美高度进逼。

在平原上空读云，又有另一番喜悦。七仙女说，人间藏在云的翅膀下。让我们借用一下七仙女的瞳仁，悄悄地，悄悄地窥探一番美丽的尘寰。哇！那长得棋盘格似的，是田野；那花团锦簇的，是村落；那款款飘飘的，是河流，是道路；那……噫！河流和道路，为什么像是一根又一根的捆索？是担心缤缤纷纷蓊蓊郁郁热热闹闹有朝一日会脱却地心的引力，凌空飞走，才预先拴牢了在那里的吗？那真是不必。依我看，倒是九重天上缺少一把玉锁，越来越卡不住众仙女思凡的芳心。七仙女中的七妹下嫁董永，绝不是唯一。海伦，那倾国倾城终至引发了特洛伊战争的海伦，原本是云的倩影！只是傻了嫦娥，于今应悔偷灵药，碧海青天夜夜心。

读云也如读人。人有南腔北调，云也有北调南腔。大体来说，北方的云，多疏朗，空灵。宛如轻纱的一袭，缥缥缈缈，袅袅婷婷；又如轻烟的散淡，随风遁远，了了无痕。淡。淡。淡。淡淡地拢来又淡淡地漾去直至与空气淡为一体分不出实分不出虚。南方的云，趋于豪爽，热烈。常常是，有如宇宙之神在一挥手之间，将邈邈云汉扇成汪洋万顷的太平洋；然后是十二级，不，一百二十级的台风打天外扑来；然后又是十丈，不，百丈的长鲸打浪底跃起；直搅得涛似连山喷雪，浪如鲲鹏击天。当然，这儿说的都是在飞机上看，又正值个大晴天。古书上说神仙出游，总要足踏云彩，我想要踏就踏南方的云，那样才显出气派。又想，孙悟空大闹天宫的场面，也是南天比北国更适合上演；只有云起龙骧，风激电飞，才更能衬托出大圣的神威。

古人座下没有飞机可乘，他们是如何获知云堂奥秘的呢？这，难不倒智者。"万乘华山下，千岩云汉中。""山因云晦明，云共山高下。"明白了吧，在这里，山是他们读云的最佳处所。登山，也是读云者必须付出的代价。山愈峥嵘崔巍，云气则越缠绕纠集。读云者的心气，相应也跟着盘旋飞升。记得那一年大串联，途经黄洋界，这是我生平遭遇的第一高度。山看着不高，爬起来却十分吃力，及至手脚并用一鼓作气地攀上顶峰，惊回首，但见山脖脖间缠绕着一圈又一圈的白云。啊，我把云踩在脚下了！我把云踩在脚下了！那瞬间淋漓尽致的狂喜，至今想起，仍令心潮鼓荡不已。

读云，除了在白天，也可以选择在夜晚。高高的天宇悬着一轮明月，万千星斗拱卫在八方，森严是森严的了，壮丽是壮丽的了，但未免失之于冷峻，这就需要有云来调剂。云，最好是纤云，就那么舒舒的一卷，在月神前绕过来绕过去，遮，也只要遮住一角，或是片刻，既让人着急，更给予希望。如果你恰好立于何处的公园，那就极妙妙极。宋人张先的"云破月来花弄影"，刻画的就是这一境地，短短七个字，直把天上人间的千般风流万种柔情写尽写绝。

在平地读云，并非一定要仰了头，俯读也行，当你面对云的倒影，在一只鱼缸，或一方池塘，或一湾湖泊。倒影可读，读起来也一样上瘾。这是在南方某地，这是数亩方塘，你且随我与友人，向清波潇洒地抛下钓钩。鱼儿上不上钩并不要紧，在我，是正有满眼的波光云影好读。云在嫣笑，而水不笑；是在笑水的孤陋寡闻吗？你这荡云。水波在潋滟而笑，而云不笑；是在笑云的浮萍无根吗？你这止水。云在嬉笑，水也在嬉笑，你们，可都是在笑我的不云不雨，无波无浪？呵，有一只鱼儿咬钩了，浮标索索抖动，旋又被迅猛地拖入水底，我竟视而不见，急得钓友大叫。忙甩竿，但见尺多长的红鲤，在水面哗啦啦一闪，定睛细瞧，已然脱却金钩，摇首摆尾而去了。友人埋怨不已。我却报之以微笑，欣然说，你没看见，你没看见，刚刚有一峰骆驼是如何幻化成大象又如何幻化成雄狮的吗？友人大瞪其眼，不知我驴唇不对马嘴地究竟在说些什么。

紫陌红尘

　　小镇上来了两位老人，两位老人形貌酷肖，让人联想到克林顿和他的替身，卓别林和他的特型演员。然而，他俩却是一个来自海外，一个来自内地，一个是投资者，一个是雇员。这就引发了人们的兴味，像一阵海风拂过甘蔗林，在小镇的角角落落激起喊喊喳喳的骚响。

　　你猜对了，他俩本是一家，而且是兄弟，还是双胞胎。落地虽有先后，相差不过一分零八秒。早一分零八秒的是为兄，迟一分零八秒的则为弟。兄弟俩生来就互为镜子，你从我的身上看到你，我从你的身上看到我，你看你是我，我看我是你，你我不分，我你一体。只有他们的母亲根据一种特殊的记号，才能确切地分辨谁是兄谁是弟。

　　到升高中的阶段了，命运安排父母离异，也安排兄弟俩各随舅与姑分居在了两个城市。高中毕业，兄插队下了乡，弟进了工厂。有一天，兄进城看弟，刚跨进弟所在厂的大门，立刻被造反派拘捕，说他恶毒攻击中央"文革"，已构成现行反革命罪，千夫共指，十恶不赦。兄辩说他不是弟，是兄。造反派说甭讲换了件外衣，你就是剥了皮化成灰咱也能一眼就认出你。兄愈辩，造反派愈说他不老实。兄禁不了棍棒拳脚，只好暂认是弟。心想弟早晚会露面，真相自然大白。

弟这时正好去兄的乡下避风头，远远地才望见村口，就被在田间干活的贫下中农围了起来。众人说你跳进水库救起落水的石娃，是"一不怕苦，二不怕死"的英雄，公社来人写报道，县上来人要拍照，这两天怎么遍找不见？弟忙声明他不是兄，是弟。众人说别逗了，谁不知道你一贯谦虚，见荣誉就让，见困难才上，但谦虚也不能没个边啊，你回来得正好，下午县里知青办的杨主任要来接见，今天说啥也不能再躲。好娃哩，咱村好不容易才出你这么一个典型，这固然是你的体面，更是咱全村的造化。

事情就是这样阴差阳错：兄在关押中等弟，等得望眼欲穿，五内出血，弟却始终没有露面。兄于是翻悔，说弟才是弟，他是来找弟，他不是弟。专案人员怒斥，你说你是兄，那么谁是你的弟，你弟在哪儿？你叫出他来呀！可笑你不是孙悟空，拔根毫毛就能变出一个化身。兄到此时真是百口莫辩，眼睁睁被判了七年徒刑。

与此同时，弟也在等兄。兄不现身，他就无法让人相信他是弟。过去了一周，过去了一月，过去了半年，兄竟如泥牛入海无消息。因为害怕被专政，他不敢回城。因为不敢回城，他就乐得权且以兄的名分混世。顺理成章地，他承袭兄的荣誉当上了典型。而后是当上了民兵排长，生产队长。而后是在当地娶妻生子。

七年后，兄出狱回村。兄弟相见，水落石出，真相大白。兄抚摸着伤痕累累的身心，要求换回原来位置。弟沉吟不语，不是不肯，是不能。兄猛击额头，大骂自己混账。本来嘛，兄弟可以掉个，你让弟老婆怎么办？你让弟孩子怎么办？是不能，永远不能。

兄于是毅然返城，继续在厂里夹着尾巴做人。他为了胞弟而含垢忍辱。他因胞弟的幸福而苦撑苦熬。直到有一天形势松动，他脚底一滑就流窜到了新疆，而后又去了西藏、云南。又过了许久，当人们说起他"恶攻"的无辜，念叨要给他平反，他已从中国的土地上消失。

当兄再度出现在中国，出现在珠江三角洲，岁月已轮回了二十个春秋，这时他的身份是泰国华侨，是合资厂的老板。半年后，弟以退职村长的资历被招来管理仓库。兄弟俩走在一起，一个就是另一个的影子，我中存你，你中存我。小镇上的人们都这么说。但是你略加留意，就会发现，差异还是明显的。兄稍微精瘦，目锐如鹰，声洪若钟，弟鼻尖微红，眸光浑浊，嗓音沙哑。弟偶尔对兄开玩笑："哥，你这位置本来应该是我的，咱俩不妨再换一次。""好呀，好呀，明天你就来当老板，我当雇员。"玩笑终归是玩笑，双方都明白我就是我，你就是你，盐再白也不能漫天扬为雪，雪再晶也不能撒地堆成糖。虽然当初铸造哥俩用的是同一个模子，无常的岁月已把各自打磨成千面。

登临骋目

眼底是深圳。脚下是国贸大厦的旋转餐厅。拔地为五十三层，这就有了突兀的高度。人立马也变高了，目光射出去，似乎也带上了五十三层大楼的分量。

立在轩敞的玻璃窗前向下探望，咯，这细瘦细瘦的就是街道了，这蠕蠕爬行的就是汽车了，这苔痕般斑斑驳驳的就是树木了，这影影绰绰、亦真亦幻的就是行人了，这一溜溜、一簇簇俯伏着身子紧贴大地的凹凸物，就是人们居住、活动的场所了。

试着把目光一点一点地收回来，撤后一步，再一点一点地放出去，异观立刻又出现了，咦，这不就是那座海燕大厦吗？这不就是那座南洋大酒店吗？往日看上去，都挺高挺大挺帅挺气派的呀。海燕足有二十层。南洋接近三十层，可今天看来，怪了，怎么看都像矮矮矬矬的小字辈，缩手缩脚，可怜兮兮的。

这么想着，目光也裸捏了几分冷峻。咳，你们一对，说的就是你们这些城市建筑——一幢幢、一栋栋的，四面高墙被日新又日新的装饰材料包裹，浓烈的色彩争奇斗艳于厅堂内室。唯有在这儿，在我立足的高度骋目，光秃秃的楼顶才泄露了砖瓦水泥的底蕴。浓妆艳抹原为了娱乐俗眼，高大庄严更多的是供人们顶礼膜拜，面对上天，你们则欣然袒露本色，力戒浮华，全然不计修饰，与日月互照，与风雨相伴；也为这世界留下一份断代史式的发展佐证。

林中的高枝是互相遮掩的，城市的楼宇是互争高低的。你一旦登临了制高点，它们立刻就有了自知之明，俯首下心，谦恭识礼，而你呢？也不必客气，自然也有了知物之明。譬如眼前吧，凭这般悠悠地瞄过去，这座楼比那座楼略高一头，那座楼比这座楼稍矮半肩，绝对是层次分明，一目了然。

所以，世人才讲究登临。

怡然中又有了一层新的发现，近处的楼宇，轮廓鲜明，却显出矮，远处的楼宇，隐约散淡，却瞧着高，愈是立在遥远的地平线上的，则瞧着越高。

一列火车从西北方向驶来了，驶近了，进站了，是汽笛声指示我大致的方位。眯起眼追随，无情的城市建筑将它斩得一截又一截的，只有从时隐时现中去组合实体，只有从若断若续中去把握生命。

车站的前方是那座神秘的罗湖桥，桥下有水，一水横陈，隔出了界内界外。界内是深圳，界外是香港，界河两侧，仿佛都架有铁丝网。我说是仿佛，因为实在看不清，即便是有吧，也是矮得不能再矮，一抬腿准能跨过去。

敢情是登临在点化智慧。说来惭愧，从前也攀过高山，山多是层峦叠嶂、绵延起伏，难得有这种了无遮拦的开阔视野；从前也乘过飞机，离地的距离太远太远，速度又太快太快，难得有这等清晰，这番从容。

我是在傍晚登上国贸大厦的旋转餐厅的，就这么瞧瞧看看、思思想想着，天光竟一点点地暗下去了，暗下去了，暮色苍茫，行将淹没城市之际，万家灯火又在刹那间大放光明。光明是光明的了，却不能普照，万象呈现出朦胧，不见了错落有致，不见了轮廓分明，不见了……

一凭你把眼睛眯起，或睁大，再睁圆，日间的图画是无法再现的了；夜的世界，唯见灼灼的灯火在显示，在传语，在撩拨，在竞争……

追忆北大三老

　　一位昔日的北大同窗说："现在有些老先生，越老越值钱。"他指的是季羡林、金克木、张中行。

　　与张中老从未碰过头，在任何场合，蒹葭秋水，始终缘悭一面。照片么，似乎看过一张，忘了在哪本书，印象是一位慈眉善目的长者，有金山万丈、玉海千寻之色，而无剑戟森森、鳞甲铮铮之态。但不容细想，因为越想下去，就越像了表演艺术家于是之，或是于是之在哪出戏中的扮演。不能不承认传言的魅力，都说他年轻时曾充当过一部著名长篇小说中谁谁谁的原型，而于是老又正好扮演过那个谁谁谁。

　　早几年还没注意这位老先生，忽然有一天，连着读到两篇对他的记述，一篇称颂他是当代难得的高人、逸人、至人、超人，不啻是龙蟠凤逸之士，仙风道格之客，又说读他的文章，只需读上几段，便知作者是谁，在当代，有这种功力的，自是凤毛麟角，鲁迅算一个，沈从文算一个，如是而已，如是而已。另一篇说他像是窖藏了数百年的老酒，一旦拔了塞，香气溢出城郭，又说起他新搬的三居室，家具依然是六七十年代的老相好，地面依然是水泥的灰土色，且说起一位后生如何慷慨解囊，为他出书。心下一愣，想这样这样的老先生好生面熟，不是见过面的面熟，是没见过面的

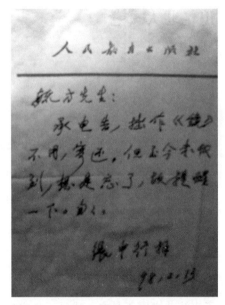

张中行先生的短函

面熟。此话并非搬弄玄虚，生活中的确有这一熟。

于是开始留心他的书，一点不难找，在随便碰到的第一家书铺就见着一大批，明摆着尚在流行。书有《负暄琐话》《负暄续话》《负暄三话》《顺生论》《留梦集》《横议集》《月旦集》《桑榆自语》多种。我拿起一本《顺生论》，是专讲怎样怎样才能活出滋味的，据其后记，该书酝酿于20世纪50年代中期，成稿于90年代前期，迁延跌宕达四十年之久，

作者的命运，于此也可窥见一斑的了。把书轻轻合上，掂了掂，不假思索地又插回书架，不是说不好，年轻二十岁，不，三十岁，我肯定买，现在么，年来尽识愁滋味，横竖顺逆，谲云诡波，于我，反正也无所谓了。插回书架的瞬间手一抖，突然又想起一位已故的诗人。此公一生备极坎坷，却爱拿《封神演义》中的散宜生作笔名。散宜生啊散宜生！真正能做到散文中之所谓形散神不散的散，肯定是能乐尽天年的。遗憾的是这位自诩为散宜生的诗人，一生都没能承受轻松，也许这就是定数，也许。

我还是买了本老先生的《月旦集》，因为其中写到的许多人物，都跟老北大有关，吾虽驽钝，毕竟也是从未名湖畔的塔影下走出的，窃想再过三十年，兴许就会轮到我来理论顺生、月旦人物。

想着要跟老先生联系，不知电话号码，问了几位同行，也都没能说个明确，只好存此一念，留待将来。

金克老是老熟人。不是相熟，是单向熟。我认识老先生，很久、很久的了，他哩，却完全可能不认识我。60年代的第五个秋天，我有幸成为老先生广义上的弟子，那时他在北大东语系，教梵文或印地文，我修的是日文。老先生引起我的注意，一是特异的名字，显出摧帖拉朽，锋利犀刻，二是桀骜或诙谐的气质，虽然没有对过话，扑面总能领略，三是袖珍的身材结构，予人无孔不入般的玲珑感，涉猎广泛，专而多能。这印象，恐怕多半来自当年的大批判。在北大的后三年，我们动不动就拿老先生这样的学术权威当靶子，斗争来斗争去的，包括后面将要谈到的季羡老，也在射程之内。

既然有了这层因缘，我查找金克老的电话就比较容易。电话挂通的时候，是上午9点。老先生说："哎呀，我正病着呐。你是想来？你想什么时候来？"我说："马上。"老先生停得一停，说："那好，我10点钟还要看聂卫平下围棋。"

半小时后敲开金老的门，仿佛又踏进了60年代，目之所及，茶几，书案，床铺，窗帘，帘外的阳台，阳台上的杂物……无物不是上了一把年纪。想象中他人眼里的张中老新居，大概也就是如此的吧。非但陈旧，还凌乱，乱的祸首是随意堆放的书和报。主人蜷缩在沙发里，头上扎了一条毛巾，正在接听电话。

这回相熟了。眼前的金老，依然精瘦，依然英锐逼人。老人指示我坐沙发，然后搬来一把椅子，搁在对面，几乎是促膝而谈。话题是老北大，老人谈锋甚健，他从京师大学堂，侃到沙滩红楼，马神庙，西南联大，趁他意兴淋漓，我悄悄掏出了笔记本，老人立刻绷了脸："别，别，你这是要干啥？那我不讲了。"我只好赔笑，赶忙合上笔记本，洗耳恭听。

看看快到 10 点，老人说："我还没问，你今天找我有什么事？"

"后年是北大建校一百周年，我想写点东西。"

"那我建议你去找一个人，邓广铭，九十岁了，他知道得多。"

"您能不能给我介绍一下，贸贸然不好去找。"

"你是怎么找我的，就怎样找他好了。他有病，我不能介绍。"金老边说，边转身去开电视机。左开，右开，就是不亮。机器实在老旧了，一如这屋中的摆设，但还不至于不亮。我提醒金老，刚才上楼，看到工人在修走廊的电路，是关电闸了。

金老于是继续同我聊天，一说又说到北大一百周年，他晶亮了脸，目光盯着我的鼻尖："这怎么好写？你不要在人事上惹麻烦，我建议你写小说，那样谁也抓不住。"

我说当记者当出了纪实病，不喜欢虚构。他用极快的速度挡了回来："谁说的？张恨水不是报人？萧乾不是报人？不都照样写小说。"

我没有拜读过金老的专著，刊发在报刊的随笔，倒是读过多篇，文皆精悍，辞多犀利，且有大的波澜回旋、鼓动其间，拿游泳比喻，先生擅长的是蝶泳，一波一波鼓浪而前。

季羡老和金克老住同一栋公寓，金老住西侧，三楼，季老住东侧，一楼。季老拥有相邻的两套三居室，六间房组成了一座幽香飘逸的书城。每间都设有书案，通常是写一篇文章，换一个地方，为的是便于使用资料。朝南的阳台，也被老先生砌作了书房。我这次来，时值下午，温煦的阳光耀得阳台的窗玻璃一片灿烂，季老正伏在阳台内的书案上用功。

在这之前，我已经拜访过一次，知道老人平素是在凌晨和上午读书，写作，今天也许活儿太多，歇不下来。远远地，我看着老人，像看一幅跨世纪的风景。

老人俯身在摊开的稿纸上，行云流水地驰骋着圆珠笔。

他不肯用电脑。

那天拜访，我无意中说及电脑。老人说，周有光先生曾向他鼎力推荐，并且包他五分钟就学会。"包我一分钟会，也不学。"老人显得很倔。

老人举出若干例子，以证明他的固执有理。譬如一位外国诗人，非要闻着烂苹果味，才有灵泉喷发；又譬如一位外国作家，非要看着窗外远处的一棵树梢，才会有妙语流淌。他哩，几十年养成的习惯，只有面对稿纸，才能进入写作的佳境。

老人对稿纸的质地、格式倒不苛求，只要是纸就行。他

说，有一次在人民大会堂开会，灵感忽然袭来，急切间找不到稿纸，就在请柬上写起来。写满了正面，再写反面。反面也写满了，跟着有人又递过一份请柬。抬头一看，不认识，遂报之一笑，继续埋头写自己的。

与季羡林先生合影

"季老，为什么您不想想自己太保守了呢？"李玉洁秘书在一旁插话。

老人得意地一仰脖子："老家伙有些顽固是正常的。"

那天，老人送我五本他自己的著作。且在扉页上工工整整地题着："毓方兄留念……"这是老一辈的风范，也是大家之风范。

回家我就认真拜读，旬日后，拟出了访问记的提纲，下笔之前，觉得有些地方，还不够清楚，譬如，老人从"糖"

这个词汇在英、法、俄、德、梵等语发音的类似，想到了要写一部阐述古代科技文化交流的《糖史》，然而，若干发音类似的"糖"，究竟以哪一种语言为本体呢？

我在电话中向季老请教，随口把"词"说成了"词根"。

"你说错了。"季老立刻予以纠正，"动词才有词根，糖是名词，没有词根。"

我又问了几个问题，回答都是十分简短，像老人的文章一样，可有可无的字，一个不上。

于是我再回头读先生的书，自认为有把握了，才援笔成文。

今日，我就是带着写好了的《一轮满月挂燕园》一文，来请先生过目的。然而，看到先生专心致志的样子，又不落忍上前打扰，便在门外悄悄地伫立。其间，先生有几次抬起头来，望了望我，但没有任何反应。我想，许是由于白内障，先生的视力呈现模糊，错把我当成窗外的一棵树了吧。

有一会，我又但愿化作先生窗外的一棵树。

在厉以宁家做客

数载坎坷志未消，登山且莫问山高。野无人迹非无路，村有溪流必有桥。

风飕飕，路迢迢，但凭年少与勤劳。倾听江下涛声急，一代新潮接旧潮。

——《鹧鸪天》

这首词是厉以宁赠给女儿厉放的。个中有激动，有期待，也有自勉。自勉？是的。厉以宁拧着油瓶，走近来指点说："《开放时代》杂志问我经常用什么话来自励，我告诉他们就是这两句，'野无人迹非无路，村有溪流必有桥'。"

这是他在学问王国坎坷跋涉数十年而风雨不迷的信条。

听说我也是诗词爱好者，厉以宁又从书橱里找出一大沓旧作，然后迅速退进厨房，一边炒菜一边接听电话，间歇还回答我的提问。

略翻一翻，欣然有感。厉先生的词，正如他的姓名"凌

与厉以宁先生（正中者）合影

厉而出以宁静"所暗示的吧？清丽、明净是不必说的了，雄浑、高迈、遒劲等等，却是藏而不见的，显山露水的只有质朴；质朴到让浮躁者疑为平淡。

这或许与他的经历有关。

厉以宁说，他没有显赫的家世背景，也没有过金戈铁马的生涯。他出生于 1930 年，原籍江苏仪征，成长于抗日期间被迫往返迁徙的路上，高中毕业后，在湘西沅陵一个消费合作社当会计。

1951 年考入北京大学经济系。"北大这摇篮很重要。"他从厨房探出头来，"这儿学术环境相对宽松，你既能饱尝苏联的大菜，又能偷吃到西方的禁果。思想之树本是繁枝丛根的，文化之源本是多元的嘛。"

"咚、咚、咚"，有人敲门。放着门铃为何不按？门开了，是来自山东的一位基层干部。他说俺那儿正搞股份制，刚开头，不知咋闹，早听说厉教授厉专家"厉股份"的大名，特来邀请去讲课。

厉以宁说哩，我是走不开的。我是教师，每周都要给学生讲课。你大老远地跑来，先坐下，这里有盘录像带，是关于股份经济基本知识的，你先看看，待会儿我们再谈。

刚才我们说到哪儿？他为客人调节好录像机，又转脸问我。噢，我是 1955 年毕业，留系当资料员，干了二十年。怎么干那么长？ 1957 年"反右"，对我影响较大的老师几乎都成了右派，你想我还能好？罚坐冷板凳嘛！如果评选坐冷板凳专家或资深资料员，我先投自己一票。

是么？哈！这"哈"字刚一出口，就在半空中冻住了，笑不起来。"文革"呢？我问。那还用说，在劫难逃啰！抄家，游斗，监督劳动，隔离审查，样样有份，真是天要降大任于斯人呢！哈！复又噎住，又是一句滴血的幽默。

人们熟知今日的厉以宁：北京大学名教授，全国人大常委，全国人大法律委员会副主任，中国国际交流协会副会长，等等，殊不知他直到将近五十岁，还默默无闻。

这里有两首小词，都是作于 60 年代末的，记载着他在默默中的"鹰击"、"燕翔"和强毅、乐观。风格么，自然都是"看似平常最奇崛"的。

其一为《唐多令·隔江遥望故乡仪征有感》：

> 风雨小桃园，杏花深巷边，遍池塘一色浮莲，年少只知乡里好，看新笋，竹林前。
>
> 鹰击九重天，燕翔路几千，半箱书伴我尘烟，从此应知天下秀，心已到，五洲间。

其二为《破阵子》（写于昌平北太平庄农场监督劳动期间）：

> 乱石堆前野草，雄关影里荒滩，千嶂沉云昏白日，百里狂沙隐碧山，此心依旧丹。
>
> 隔世浑然容易，忘情我却为难。既是三江春汛到，不信孤村独自寒，花开转瞬间。
>
> 慨对风雨故园，心仪三江春汛，神驰八极，精骛万仞。

历史圆了他的梦，80 年代以来，他终于以一个因长期砥砺、积累而成熟了的经济学家的智慧，参与了中国经济改革发展的进程。

"厉以宁教授是中国经济理论界的著名代表人物。他的经济观点，主要有以下五个方面。"随着录像带的转动，荧光屏上显示出厉以宁在讲坛上授课时的图像，"1. 所有制改革论；2. 第二次调节论；3. 平衡非目标论；4. 经济学研究三层次论；5. 经济学创新论……"厉以宁快步走过来，瞧了眼图像，对那位山东同志说："对不起，不是这一盘。"边擦手，边说："我这再给你找。"

"丁零零"，电话又响了，厉以宁转回去接电话。身后，门铃声叮当有致，这回轮到我去开门。

厉以宁很忙。他每天不到 6 点便起床，听完早间新闻，立刻投入写作，通常都要写一千多字。白天的安排，则更紧张了。所以他常常亲自下厨房，他把这看作是一种精神放松。

"这样炒出来的菜，还香么？"待送走两位不速之客，宾主终于坐到了餐桌之前，我忍不住想调侃一下。厉以宁却不知心驰何处，显然答非所问，他说："你不想来一杯酒么？"

少年沉浮

　　老人曾经救过我的命，所以我提醒自己，对老人可能提出的任何要求，都应无条件地予以满足。

　　时光倒流到四岁，或是三岁，那时我还住在老家建湖的乡下，记得茅舍门朝东，屋基是一个偌大的土墩，墩前是一片打谷场，场边有两株老槐树，墩后是一条小河，岸边长满翠竹，向南，不足百步，横着一条沧沧浪浪的大河，向北，则是一座牛棚，牛棚过去是水车，水车过去有一道小桥，连接河那边的神秘世界。一天我尝试躲开大人，独自过桥探险，眼看走了一半，侧面一阵狂风刮来，立脚不稳，扑通一声跌进水里。现在回想起来，当时我并不觉得怕，只感到耳朵嗡嗡响，身子忽忽悠悠，一个劲地往下沉，沉，沉到后来，脚底触到一片坚实，本能地使劲一蹬，迅速向上浮，我浮得好轻松，好自在，头顶一片白花花的亮光，我冲着亮光拼命举起双手……

　　老人那时也只有十五六岁，恰巧挑担菱角从桥上经过，他看到了我高举的双手，便从桥面俯下身，一把将我从水中拎起。

与中学恩师纪锡生夫妇合影

老人说："你命大，三四岁的伢子，掉到河里，居然不慌不乱，举着双手向上浮；说句迷信的话，就像是下边有人托着。"

我说："哪里，还不是幸亏遇到了您；我永远记得，您把我救起，拍拍我的屁股，看啥事没有，就喊应谷场上的大人；临走，还塞给我一捧菱角。"

叙罢旧，老人渐渐转到正题。嘿，老人的要求其实很简单，跟他一道来的小孙女在南京一家大学中文系念书，将来打算从事写作，老人要我传授经验。

我长舒了一口气。本来估摸老人会让我为他的孙女找工作，那可是不胜其难。我的乡亲们对待这种事，向来以为你只要给谁谁谁打个电话，打个招呼，就会水到渠成，马到成功。唉，他们哪里明白，我只是一介书生，哪有那种神通！不过，我也做好了准备，老人真要让我为他的孙女谋职，再难也得硬着头皮帮忙。——这事责无旁贷，义不容辞。现在么，事情当然好办多了，老人只是要我教他的孙女作文。

我对老人的孙女说："我在射阳还要住几天，你有写好的文章，先拿两篇来看看。"

这事就暂且撂过一边，接下来重叙家常。闲聊中，我发现老人神色有点异样，似乎还有心思要吐，于是中断话题，等他开口。

老人果然忍耐不住，他清了清嗓子，一本正经地说："有几句话不知当问不当问？"

我鼓励他："您尽管说。"

"你现在是名人了，人家都说你有天分。在老家建湖我们同庄，搬到射阳来又是街坊，我是看着你长大的。说实话，小时候，也没见你有什么特别。这两天我反复想，如果硬要说有，就是觉得你行事有点古怪。我说这话，你别生气。"

"我不会生气的，您继续讲。您觉得我哪些地方古怪？"

"比如，"老人说，"学堂放暑假，老师、学生都回家了，你却每天夹本书，从窗户钻进教室。"

我给他解释："这事很平常。您晓得的，我家里房子小，没处静心看书，而学校一放假，教室空空荡荡，就我一人躲在里边，是再好不过的书房。"

老人似信未信，对孙女说："你记着。"

少顷，老人又问："你日常剃头，只认准一家理发店，就是从老银行拐弯向东的那家。有次后门梁三免费为你服务，你人坐下了，围巾也系好了，突然又扯开——还是跑到那家店子去理。有人说你是看上那家的女理发员，也有人说你是神经病。"

"是吗？您老记性真好。"我承认老人说的是实情，可我绝对想不到世人会那样想。"这事一捅就破，"我告诉老人，"那家店子的墙壁和天棚糊着十几张西洋名画的复制品，是达·芬奇、伦勃朗、戈雅等大师的手笔，当时在镇上是绝无仅有，别处无法看到；所以我每次都借理发的机会，跑去那儿欣赏。"

老人若有所思，转身问孙女有没有听懂，得到肯定的答复，他犹豫了一会，压低嗓音，不无神秘地问：

"还有一事，今天也想弄个明白。有天傍晚，你把一卷东西拴上砖头，扔到西边的河心，然后朝它拜了拜，掉头就走。不瞒你说，这事也叫我瞧着了。我是好奇，当晚就下河把它捞了上来。我以为是地契，或其他什么重要对象，谁知只是一卷毛笔画，叫水泡得稀烂。你……为什么要把它沉到水底？"

"您想知道底细?"我笑了,笑老人如此神秘,也笑我当初煞有介事,神经兮兮。我给老人揭开谜底,"那是我创作的一套连环画,也是我的封笔之作。我曾经热衷于绘画,也有过种种美妙的幻想。但是后来,我确信我在美术上出息不大,决定改行投奔文学。您问画画和写作的区别?最主要的,我认为画画需要高人指导,而我身边没有;写作就不一样,它不愁没人指点——泼天下的范文都是你的老师。主意一经拿定,为了表示破釜沉舟,义无反顾,我便把那套最后的连环画作沉到水底。"

老人"噢——"了一声,兴奋地一拍大腿,混浊的眼球闪出缕缕光焰:"听你这么一说,我今天总算闹明白了。孙女啊,你看,人家卞三爷小时候条件比你差,哪像你现在要闺房有闺房,要书桌有书桌,要电脑有电脑,但人家比你有天分,懂得该浮的关头拼命往上浮,该沉的场合铁心往下沉。"

我没想到老人会如此总结,霎时面红耳赤,闹得怪不好意思。我之于人生,小时未臻了了,老大依然昏昏,或浮或沉,不过是凭本能和喜好行事,谈不上半点天分。

心　读

　　出门百步即邮局，邮局隔壁即理发铺，理发铺隔壁即书店，这三家，我都是常客。理发使我年轻，邮局使我和世界接近，书店，则使我感到慰藉。尤其是后者，在我，这就是一个开架的图书馆，出租汽车的加油站，流浪者的精神家园。啥时想起啥时去，去了就翻，看中了哪本就买，看不中的，仍旧往架上一插。老板永远欢迎我去翻，从不表现出厌烦。一如我欢迎他的书，从不吝啬口袋里的钱。

　　但有一本，看中了，我却不买。不买，又时常去翻。翻完了，就往架上一插。下次去，下次再翻。常翻，常有兴味。越有兴味，越要去翻。可就是不买。老板一次吓唬我："再不买，我就卖给别人了！"我笑笑，不理。仍不买，仍去翻。

　　都市的特点就是人挤人。文明，又需要人与人之间保持一定距离。这本书的宁馨，在于它离现实很远。登上它的疆界，就如同登上另一个大陆。且在活动，且在漂流，在时间的海洋里。常常我乐而忘归，在它的书页间，不，在它的黄土高原，在它的五岳千峰，在它的江河湖泊。归来时全不感到风尘仆仆，只有精神焕发，只有健步如飞，像充电。

倘若它只是遥远，遥远，这本书的内容，于我像南极，像传说中沉没在大西洋深处、深深处的大西国，恐怕我就不会表现得这么积极，且感觉清爽胜过理发，亲切胜过去邮局取信——那儿设有我的一个私人信箱。不，它其实离现实又很近，很近。近到一睁眼，就能觉着它的光谱，一跺脚，就能觉着它的厚实，一嗅鼻子，就能闻到它的芳香。近到你我他的四肢百骸，都有它的微量元素；生命，都有它的遗传基因。

书里载有昨天，关于我们祖先的最最古老的传说。立在书架前，我常常吃惊得说不出话，吃惊我们的先祖哪儿来的那么大的气魄！盘古老人只一斧头，就在混沌中开辟出苍天和大地。然后是女娲炼石补天。然后是神农尝百草。然后是炎黄二帝逐鹿中原。然后是羿射九日。他们都面对了一个大的空间，无大不大的舞台，他们的生命就在于开拓。他们不屑去数今天早晨得了几颗大枣，晚上又得了几粒花生。他们也发怒，怒就头触不周之山，敢叫天柱折，地维绝。他们也含恨，恨就死后化鸟名精卫，日复一日地口衔树枝、石子将淹死她的东海填平。

书里又载有实际，最最贴近人心的实际。只要你具备新闻眼，只要你关心邦国大事。比方说：大禹治水，三过家门而不入；姬昌择贤，大兴周族；子罕亮节，"不贪为宝"；晏婴高位，甘居陋室；孙武严肃军纪，斩吴王爱妃；商鞅立木为信，开改革先河；张骞出使西域，辟丝绸之路；杨震以"天知，地知，你知，我知"，拒绝贿赂；当然还有范仲淹"先天下之忧而忧，后天下之乐而乐"；当然还有顾炎武论"天下兴亡，匹夫有责"；当然也还有鲁迅论"中国的脊梁"。

这是一处耀眼的穹窿，历代最明亮的星辰都各嵌其位。这是一处富饶的矿藏，储存的，既有黄金、白银、碧玉，亦有孔雀石、大理石、金刚石。仰观天幕，或者说散步矿区，你的气质会变得高朗，你的胸襟会变得恢宏，你的目光会变得明亮，你的脊背会变得坚挺。你甚至怀疑你不是你，而是他们中的一员，尽管那只是瞬间的幻觉。你肯定会控制不住地向他们跑去，如果不是他们向你跑来，在另一种时空。

感谢这家小小的书店，为我提供了这么一株圣庙的菩提树。它委实是太小了。前身只是摆在邮局门外的一个地摊，经若干时日后才脱离地面，升级为两条木凳上面搁一块床板，然后又经过若干时日，才挣下了这处不足六个平方米的铺面。我这般兜它的家底，用意是告诉诸位，它和你们身边的众多书摊一样，原是靠那些买了随便翻，翻了随手扔的红绿报刊支撑的。现在已经弃旧迎新，专营图书，但大抵还是跟着新潮走。这本书鹤立在架上，大概纯出于偶然。或许就是为了等一个人，比如说等我——这只是，我的瞎想。因为除了我之外，少见有人翻动。而我每次翻阅，都会表现得爱不释手。

愣是不买，并非因为价贵，虽说定价三十八元，也不算便宜。不买，却又常常要去翻看，都快两年了，依然是这样。直至最近，老板有点忍不住了，终于发出诘问：

"先生，这书都快被你翻烂了！何不干脆把它买下？"

噢，我似乎从来没有想过这个问题，愣了半晌，才回答："这是买不回去的呀！"

这书为红旗出版社出版，名字叫《中国精神》。

拳坛独语

城市在南国。宾馆在水浒。桑拿浴室在宾馆的底楼。浴室里蒸汽弥漫，热浪滚滚，我坐在靠墙的木凳上，才一会儿工夫，就已经大汗淋漓——名副其实的大汗淋漓——周身上下的每一个毛孔，就像开了闸的泄洪渠道，任汗水一个劲地哗哗往外奔流。"哗哗"，"奔流"，当然是我的直觉。你要是曾经身临其境，相信会感受尤深。

浴室很窄，大约七八平方米。朦胧的蒸汽中只裹了两人，除了我，再就是一个老头。老头是后我一步进来的，刚才没顾着注意，这回随意一瞥，居然透着面熟。咦，他是谁？我肯定在哪儿和他打过照面。于是就想。想呀想，想呀想，却怎么也想不起来。老头儿在臂上搭了一条毛巾，腰间围了一条浴巾，生得是既矮且瘦，干瘪瘪的，谁看了都会担心：这架势，如何还经得起伐骨洗髓的桑拿？

老头犹自手足无措，一看就知是生手。我于是点拨他："别慌，愈慌愈热。先定心坐下来，再把毛巾搭在脑门上，只留出鼻孔呼吸，慢慢就不会感到那么闷热。"

老头照我的话做了。

就在他仰起脸搭毛巾的刹那，灵光一闪，我猛然记起来了：这不是当代学问大家×××吗！念研究生的时候，我听过他的课的。那时为了一睹他的丰采，特意提早几个小时就去教学大厅占的位。而后在人大会堂又见过一次，当然是他在台上，我在台下。至于在电视画面上，那就见得多了。哈，和这样的一个大家，大师，大腕，竟然在如此的一个场合不期而遇，真有些滑稽。

瞬间的念头是：他这么出名，人们都说，他的道德、文章，都已溶入了这个时代，挥发为阳光、空气和水，可此刻，除去了那些披挂、包装、背景，赤条条的袒于目前，我怎么一点也看不出他的伟大？甭说伟大，连一个正常发育的人也比不上。瘦骨嶙峋的，好像是战争年代或是三年困难时期的标本。

好笑，这么一个干巴的瘦老头子，居然会引起好多人的嫉妒，因嫉妒又屡屡生发攻讦。那些人一定没有像我这样，在如此切近的距离，如此没有遮掩的状况下见过他。否则，同情还来不及，怜悯还来不及，哪还忍心在他皮包骨头的脊背上再响鼓似的擂上几拳？！

话又说回来，谁要是想攻击他，最好是选择这种时机——就如我目前的位置。一眼看去，致命的要害袒露无遗，而且绝没设防，而且我担保他很难回手。

这么想了，真是不好意思，我虽与他毫无嫌隙，竟然也想趁机在他脆弱的心窝挥上一拳。也许是他平日的高位，在我潜意识深处造成的长久压抑，于一瞬间找到了突破口。也许只是为了证明自己的力量，或者说发现了足以使我成名的机会。

自然，这只是瞬间的瞎想罢了。接踵而来的念头是：他要是突然晕倒了呢？那该多戏剧性！如此一来，我就成为救他于"水深火热"之中的好汉了。日后凭着这层亲热，比他亲密弟子还要亲密的热络，登堂入室，随伺左右，怕还不是易如反掌。

嗨，你看他这会儿安安静静地坐在凳上，两手垂膝，双目微闭，一点也看不出要晕倒的模样。人都说，瘦子不怕热，此话果然有道理。反是我，由于心思浮动，七想八想，倒觉得有点熬不住热。莫躁，我给自己鼓劲：定下心，沉住气，难道还能输给这老头儿不成。

他怎么是一个人来呢？我忽然注意到这一点。咦，难怪我开始只把他当了一个普通的老头儿。没有红如何衬绿？没有长如何显宽？再大再圆的月亮，缺了星星的参照，在感觉上也就是一个灯笼。今儿个，是他不要陪同，还是陪同觉着不太方便，没有跟进来？哦，无论如何，这么大年纪了，洗这么热的蒸汽浴，还是有人在旁招呼的好，我想。

见我上下在扫描，或许是感觉到我上下在扫描，老人也睁开双目，还我一个审视。他自然不会认识我，他怎么又会认识我呢？明知如此，心下还是觉着扫兴。咳，我怎么就没有他出名？要怎么又才能像他那样出名？若在平时，我不会这么想，至少，是不会拿他作比较。然而，此时此刻，我不由得这么想，我不能不这般想。

我敢说，在如此不带一点包装的平等状态下，要是闯进一个陌生人来，让他猜测我俩谁更伟大，只怕，我的胜算占不到九成也要占八成。撇开身材高大不说，即便论储藏智慧的脑袋瓜，从外表看，我的，也要远比他的壮硕——要说差异，仅仅也就是一点点，肉眼看不到的一点点，在脑瓜或心灵深处。

唉，也就是那么一点点，至为隐蔽而又至关重要的一点点——我不无恭敬地看着老人——这"一点"可是深不见底，这"一点"便区别了量与质，反映在跑道上，就有因千分之一秒之差而判出胜败的悬殊，反映在战争上，就有因一招之得失而导致输赢的残酷，反映在道德、文章上，就有因差之毫厘而失之千里的结局。啊，这无形而又大到无边的"一点点"。

想到这儿，我心平气和地朝老人送去一个微笑。这个小老头儿，把自己的全部脂肪都供给了生命燃烧的小老头儿，我们这个时代引以为骄傲的小老头儿，他一定不知道我刚才都想了些什么，但见他稳稳当当地坐在那儿，也朝我送来一个和善的微笑。

第二辑

张家界

张家界绝对有资格问鼎诺贝尔文学奖，假如有人把她的大美翻译成人类通用的语言。

鬼斧神工，天机独运。别处的山，都是亲亲热热地手拉着手，臂挽着臂，唯有张家界，是彼此保持头角峥嵘的独立，谁也不待见谁。别处的峰，是再陡再险也能踩在脚下，唯有张家界，以她的危崖崩壁，拒绝从猿到人的一切趾印。每柱岩峰，都青筋裸露、血性十足地直插霄汉。而峰巅的每处缝隙，每尺瘠土，又必定有苍松或翠柏，亭亭如盖地笑傲尘寰。银崖翠冠，站远了看，犹如放大的苏州盆景。曲壑蟠涧，更增添无限空蒙幽翠。风吹过，一啸百吟。云漫开，万千气韵。

刚见面，张家界就责问我为何姗姗来迟。说来惭愧，二十六年前，我本来有机会一睹她的芳颜，只要往前再迈出半步。那是为了一项农村调查，我辗转来到了她的附近地面。虽说只是外围，已尽显其超尘拔俗的风姿。一眼望去，

2014年在张家界

峰与峰，似乎都长有眉眼，云与云，仿佛都识得人情，就连
坡地的一丛绿竹，罅缝的一蓬虎耳草，都别有其一种爽肌涤
骨的清新和似曾照面的熟络。是晚，我歇宿于山脚的苗寨。
客栈贴近寨口，推窗即为古道，道边婆娑着白杨，杨树的背
后喧哗着一条小溪，溪的对岸为骈立的峰峦。山高雾大，满
世界一片漆黑。我不习惯这黑，翻来覆去睡不着，于是披衣
出门，徘徊在小溪边，听上流的轰轰飞瀑。听得兴发，索性
循水声寻去。拐过山嘴，飞瀑仍不见踪迹，却见若干男女围
着篝火歌舞。火堆初燃之际，一半是火焰，一半是树枝。燃

到中途，树枝通体赤红，状若火之骨。再后来，又变作熔化的珊瑚，令人想到火之精，火之灵。自始至终，场地上方火苗四蹿，火星噼噼啪啪地飞舞，好一派火树银花。猛抬头，瞥见夜空山影如魅，森森然似欲探手攫人，"啊——"，一声长惊，恍悟我们常说的"魅力"之"魅"，原来还有如此令人魂悸魄悚的背景。

从此，我心里就有了一处灵性的山野。且摘一片枫叶为书签，捡一粒卵石作镇纸，留得这脉红尘之外的秋波，伴我闯荡茫茫前程。犹记前年拜会画家吴冠中，听他老先生叙述70年代末去湖南大庸写生，如何无意中撞进张家界林场，又如何发现了漫山诡锦秘绣，欣羡之余，也聊存一丝自慰，因为，我毕竟早他四五年就遥感过张家界，窃得她漏泄的吉光片羽。

是日，当我乘缆车登上黄狮寨的峰顶，沐着蒙蒙细雨，凝望位于远方山脊的一处村落，云拂翠涌，忽隐忽现，疑幻疑真，恍若蜃楼，想象它实为张家界内涵的一个短篇。不过，仅这一个短篇表现力就足够惊人，倘要勉强译成文学语言，怕不是浅薄如我者所能企及。天机贵在心照，审美总讲究保持一定的距离，你能拿酒瓶盛装月白，拿油彩捕捉风清？客观一经把握，势必失去部分本真。当然不是说就束手无为，今日既然有缘，咦，为什么不鼓勇试它一试。好，且再随我锁定右侧那一柱倒金字塔状的岩峰，它一反常规地拔地而起，旁若无人地翘首天外。乍读，犹如一篇激扬青云的散文；再读，又仿佛一集浩气淋漓的史诗；反复吟味，更不啻一部沧海桑田的造化史——为这片历经情劫的奇山幻水立碑。

山中天籁

山当中，身材最为高大骨格最为粗犷的，绝对是石头山。那些形容山的词语，随便抓上一把，什么岩岩、磊磊、嵯峨、峻峭、奇峰罗列、怪石嶙峋、重峦叠嶂、突兀奋怒，等等，望文生义，一目了然，都是缘于石族的——而不是土族的，更不是沙族的——视觉盛宴。

"山，刺破青天锷未残。"这是何等凌虚摩霄！仰起头，眯缝了眼，左看，右看，上看，下看——但是呢，如果整座山都是奇岩怪石，光秃秃的，寸草不生，峥嵘是峥嵘了，崇赫是崇赫了，看久，看累，难免感觉逼人的压迫，刺目的蛮荒；这就需要绿。

绿色是一种保护色，对于眼眸，它能吸收大量的紫外线，耗散炫目的耀光。造物于是在山坡上布满植物，蒙茸的草，蓊蔚的树，郁郁葱葱，莽莽苍苍。人望上去，一派浓绿、深翠，浅碧、嫩青，心头油然而生春意，溢满愉悦。

问题是，漫山漫坡都是绿、绿、绿，景色未免单调乏味——人心是最难餍足的啊！造物有情，令旗一展，在高海拔的部位，撤去绿绒地毯，露出史前的不毛巨石，犹如书法中的飞白，绘画中的留白，使绿色与灰白、黛褐、赤红相间，形成冷色与暖色搭配，阴柔与阳刚互济。

黄山小憩

这下好了吧？不，游人千里万里到此，面对绿海绿涛里突兀的峰巅坡脊，欣赏之余又略感遗憾……遗憾什么？你尚未开口，眉心微蹙，造物已然心领神会，但见巨手一挥，由山头向下蔓延，举凡有缝隙有裂罅处，皆狂欢般蹿起一蓬又一蓬不规则的小草小花，缀之以孤高自傲的虬松蟠柏，旁及不登大雅之堂的藤葛苔藓……刻板僵硬如太古的石颜，顿时掀髯莞尔，扬眉吟哦，翩然出尘——活了！活脱脱的点石成精！

难怪诗人与青山"相看两不厌"！难怪画家要"搜尽奇峰打草稿"！却原来，宇宙的生命精神，第一即是美学。

这里说的是一座山峰。如果是两座、三座、若干座呢，又得讲究个前簇后拥，高矮参差，错而得位，乱而存序。"横看成岭侧成峰，远近高低各不同。"哈，一座美不胜收的大山就这样横空出世，笑傲人寰。

树枝头，一只鸟儿飞过，无声，有影。你等待蝉噪，等待鸟鸣。蝉未噪，是心弦在撩拨；鸟未鸣，是诗情在发酵。记起南梁诗人王籍的名句："蝉噪林逾静，鸟鸣山更幽。"好个"林逾静"，好个"山更幽"，王籍生平不得志，事迹湮没无闻，却因了这两句诗——就两句，数来数去只有十个字！——开宗立派，引领风骚，名驻诗史。真是一字千金、一本万利。说到底，好诗也如同好山，不愁无人激赏。

远远的一朵闲云飞来。到得跟前，瞬间扩散成雾，幻化弥漫，蒸腾涌动，遮去眼前的石径、林莽、幽潭，山腰的云梯、峭壁、亭阁，只露出若浮若沉的峰尖，如岛，如鲸，如山寨版的海市蜃楼。美有千娇百媚，美亦有千奇百怪，雾为上苍的道具，一半的美都从云雾中来。

恍惚间有一粒雨，落在额头。愕然间，又一粒雨，一粒，巧巧落在唇边。我笑了：是云在行雨。云也笑了：从缝隙送过来一束阳光，金晃晃的，耀得眼睛睁不开。赶紧戴上墨镜，再抬头，阳光也笑了。我分明看到一影彩虹，恍若"美的惊叹号"。

雾渐渐散去，山道上过来一位挑夫，竹制的扁担横在右肩，一根差不多长的木棍搁在左肩，压在扁担下，向前伸出，与扁担成丁字状，左小臂搭在木棍上——想必是用来平衡双肩重量的吧。这种借力的方法，我是第一次见到。走近了，走近了，是一位三十来岁的壮汉，有着岩石一般的峻嶒骨架，挑的是粮食、水果、青菜，蓝布的坎肩为汗浸透，低着头鼓着劲，额角、脖颈、胳膊皆毕露着青筋。挑夫把担子放下，抽出木棍，一头杵在地上，一头顶着扁担，那高度，正好供他可以半站着歇息，不用大幅度弯腰。

"买根拐杖吧。"挑夫大声说，不像是兜售，倒像是谁粗心失察，疏忽了登山的装备。

左右无人，冲的是我。扭头，瞥见他装载果蔬的竹篮边插着两根藤杖。

瞧我年老？嘿，偏不买。实用功能，对我近于零；买回去做纪念吧，又岂不沾了负面的暗示。我摆摆手：不要！瞬间趁机把另一根手杖，记忆中最早也是最无价的手杖，急速温习了一遍：那是上古，那是鸿蒙初辟、神人不分的时代，夸父发奋追赶太阳，后勤给养跟不上，途中干渴而死，仆地倒毙之际，手杖从掌心滑脱，依惯性向前方飞去，杖尖插入泥土，立马化作夭夭灼灼的桃林。

这是古典的浪漫。不可复制，仅存象征。我非夸父，藤杖也绝不会化作桃林。遂收回目光和思绪，仍旧仰了头——这回凝视的不是峰尖，而是刚刚从云雾中探出脑瓜的一株巨松。

这株松真是华贵英拔到极致！看哪，在纠蟠纠结的铁根之上，在离地半人高处，一干蘗生出五枝，相拥相抱，戮力向上，状如一把撑开的巨伞，不，一座绿色的通天塔。所有的枝柯都不胜地心引力，展开来，展开来，微微向大地倾斜，所有的松针又都和地心引力较劲，挺身矫首，戟指昊昊苍穹。

啊，它们是如何从脚下贫瘠的岩层汲取乳汁，又是如何从头顶的日月星辰窃得天机？难以揣想，不可方物。这煌煌意象令我迷醉，就是这样，喏——就是这样，我把自己遗弃在原地，直到日色转暝，薄寒袭肘，同伴从云海山巅玩了一转回来，仍旧仰了脖颈，且屏住气，像一根心怀虔敬的松针，为天庭瑰丽、神奇的乐章所吸引，全神贯注，洗耳聆听，目光亦随之越过树梢、云层（看得见的或看不见的），努力向上，向上……

三　峡

　　城，为宜昌。关，为南津。久闻宜昌城乃三峡之起始，殊不知南津关乃三峡之门户，而三游洞又乃峡口之洞天福地，桃源胜境。卯年岁初，一个透明而微醺的半下午，友人

在三峡（一）

为我补上了这迟来的一课。"三游"之谓，乃纪念唐代诗人白居易、白行简、元稹首创"到此一游"。方是时，洞隐绝壁，俯临深壑，非梯架绳缒不可入，入则空阔轩敞，如传说中之神仙修炼之所。让人在造化之前感叹造化，攀登之余吟味攀登。三人各个赋诗题壁，白居易并作《三游洞序》，地以人彰，文以景著，后世，慕名而来者不绝如缕，若宋代，鼎鼎大名的，便有苏洵、苏轼、苏辙。"前游元白后三苏"，他们踩点，打前站，我们跟进，收获诗文和古迹，品味的是空灵，是超越，是"更上高峰发啸歌，风吹下界惊鸾鹤"。

是晚登上游轮，次晨起航，午前停泊"三峡人家"。乘缆车径取峰顶，浩浩乎如凭虚御风，现代科技给了你一双鹰的眼，这是一种高度，一种境界，让你恍悟那山势的千起百伏、山颜的千娇百媚，集纳了人类几乎所有层次的审美体验——从宇宙洪荒的造山运动到疑真疑幻的令牌石、灯影石，从悬河注壑的瀑布到曲似九回肠的溪涧，从色与彩的燃烧、流泻到光与影的追逐、纠缠。山中半日，世上千年——要千年的红尘浊世才能慢慢积累、领略。你从山巅一路玩赏到溪畔，赶紧打住，唯恐待久了拔不出脚。

午后，船过三峡水闸。闸分五级，如登楼梯，拾阶而上。然而，人未迈脚，船亦仅作水平的位移，奥妙何在？用一个成语表述：水涨船高。最复杂最先进的，其实也最简单。出得第五道闸门，江面豁然开朗。大坝外面是碧水，碧水外面是青山，是白云，山在傍水处托出一座新城，云在水尽头散作万缕青烟。长波天合，渊渟岳峙。李商隐诗云"春水船如天上坐"，油然涌上舌尖。游客把自己交给船，船把自己交给水，水把自己交给云，云把自己交给天。恍兮惚兮，说不清身在船上，身在水上，身在云上，身在天上。

呜！——汽笛长鸣。游轮徐徐西行，从容安详如凌波仙子。我登上六楼的甲板，借"微博"向天南海北的网友做现场播报，忘了观察江水是怎样由黛碧化作酡红又化作暗紫与深灰，蓦地惊觉，暝色已悄悄撒满峡江。"三峡千古不夜航"，那是老皇历了。须臾，月出东山，光华如水。月下，江面，前也是行舟，后也是行舟。探照灯在脉脉交流，马达在低吟，游鱼出听，宿鸟惊飞，夹岸群峰窃窃私语，千百年来，这是第一轮不眠之夜。三闾大夫从左后方的凤凰山送来夜航祝福。庆幸，崆岭滩已长埋波心浪底，深深。牛肝马肺石裹上一袭青袍，化具象为抽象。兵书宝剑峡红光烛天，似星斗又似瑞气。幻觉里，王昭君犹在香溪浣洗罗帕，偶尔抬头送过盈盈的笑；陆游仍伫立在南岸楚城遗址的风口，遥望江北怅叹："江上荒城猿鸟悲，隔江便是屈原祠。一千五百年

在三峡（二）

间事，只有滩声似旧时。"而今谷升陵降，山水异势，屈原
祠已挪地重建。仰观银汉迢迢，俯察江水泱泱，耳畔渔歌互
答，滩声不再似旧时。

　　记不清在秭归还是巴东入睡，重登甲板，船已驶进巫
峡。甲板上撑满了五颜六色的伞，因为雨。雨从半天云里飘
洒而下，从两岸的峰巅、林梢飘洒而下，从楚辞、唐诗里飘
洒而下。自打有了宋玉的《高唐赋序》，就有了缠绵悱恻的
"巫山云雨"；自打有了李商隐的《夜雨寄北》，就有了烛影
摇红的"巴山夜雨"。雨啊雨，滴滴答答，淅淅沥沥，敲在伞

面，敲在甲板，敲在船舷。神女峰在哪儿？朝云峰在哪儿？游客大呼小叫，东猜西猜。我也惶惑，目光穿透层层雨幕，但见摩云凌虚的危崖，一座接着一座，你推着我，我搡着你，争先恐后地迎迓游轮，不，游人。"知道巫山十二峰吗？"转身问一位苏格兰的游客，两天的风雨同舟，彼此已形如"驴友"。此刻，他由一位女伴打伞，忙不迭地按动手中相机的快门。"不知道呢。"他答。"那您在拍摄什么？""拍画呀！"他奇怪我竟然如此发问，指着半天空一影烟雨迷蒙、虚幻如"米氏云山"的峰峦，大声补充，"拍你们中国的水墨画！"

　　船进瞿塘峡，云收雨歇，天气放晴。终于有机会好好品味，这山，这水。水，为湛碧，为淳泓，为莹彻，为潋滟。山，若昂藏，若磅礴，若孤拔，若鼎峙。山姿水态本已炫人眼眸，再加上任意排列组合，并辅之以光与影的旋律、韵律，辅之以你的直觉、错觉、幻觉，摊开来，摊开来，无一不是天然隽永的风景。方此时，船行江心，才惊危崖特立，飞泉激射，一个转折，又讶峰峦叠秀，倒影沉碧，再一转折，更喜含霞饮景，浮光耀金！

　　俯仰低回之际，游轮长啸驶出夔门。江北一峰崭然特起，白帝城到了。此峰原为半岛，三面环水，一面倚山，掌控瞿塘峡口，乃兵家必争之地。三峡库区蓄水后，倚山的那面亦已沉入江底，从空中鸟瞰，宛然茫茫巨浸中浮漾一只青螺。船泊码头，随众人上岸观光，北侧有廊桥飞架，过桥登山，迎面山门上镌刻着杜甫的名联："白帝高为三峡镇，瞿塘险过百牢关。"寥寥十四字，道尽了天造地设、鬼斧神工！山上有白帝庙，庙内庙外碑刻如林，历代文坛大腕，如李白，如杜甫，如白居易，如刘禹锡，如苏轼，如黄庭坚，如陆游，都曾登临览胜，留下炳若星辰的诗篇，是以白帝城又称"诗城"。这格调高！它一下子把众多围绕山川草木、花鸟虫鱼取譬的城市比了下去。金戈铁马的演义从来短促，"刘备托孤"的故事空留余韵，高江急峡的雷霆也已化作渺渺逝波，唯有文化的光彩历久弥灿，万古不灭，抚慰着历史也抚慰着现在和未来。我在碑林间徘徊复徘徊，想，倘若千年诗城举办千载诗歌大奖，从中遴选出一首最最气壮山河、砥砺人心的佳构，让我投票，我一定投李白的《早发白帝城》。其诗云：

朝辞白帝彩云间，千里江陵一日还；

两岸猿声啼不住，轻舟已过万重山！

南风如水

在梁启超故居

中山、南海、新会，三人的祖籍几乎挨在一起。瞧一眼珠江三角洲的地图即可明白，他们都是伴着南中国海的涛声长大的。时届晚清，那海韵已迭次溶进了号角鼙鼓；世人看到，在滔天的雪浪、血浪涌过之后，紧跟着洪秀全、容闳的脚印，先是走出了疾呼"三千年一大变"的康有为，而后又走出了创立"三民主义"的孙中山，而后又走出了自许"中国新民"的梁启超。三人的故居也齐楚轩敞，像模像样。孙中山的是西风东渐式的小洋楼，康有为的是明清世家的旧式华屋，梁启超的是民国初年的大宅院；或因祖上殷实，或因家道中兴，上百年的岁月仍磨损不去骄人的光泽，这是什么？这就叫物质基础。

孙中山的故居辟有园林。林中遍植草木，一木一品，繁茂多姿。如香樟，如斑竹，如银杏，如紫荆；如龙眼，如芒果，如菩提，如棕榈；如孔雀杉，如凤凰木，如鱼尾葵，如鸡蛋花。这都是认识的，认而不识，闻所未闻见所未见的比比皆是。世人常讲"林子大了，什么鸟儿都有"，此园的主题却是"林子大了，什么树儿都有"。难怪，当你穿花拂叶，脚步尚未踏进故居的门槛，神思尚未潜入先行者的历史，自然而然地，顿觉有一股灵气，南国的灵气，清清泠泠飘飘逸逸，随晨风扑面而来，嗅之沁心润肺，再嗅涤骨洗髓。

南海境内有西樵山，山之崖有白云洞，传说康有为曾在那儿苦读，每每"赤足披发，啸歌放言"，被乡民嘲为疯子。我去的那天，时值午后。山形浑朴，并无峥嵘峭拔之势，却为云缠雾绕，幽邃莫测。越野车沿山路盘旋而上，至主峰，遥望绝顶开阔处，赫然塑有观音大士的宝像，状极雄伟、庄严，为生平所仅见。凡人至此，谁不心融神释，尘虑顿消？待气喘吁吁地拾级而上，近得佛像跟前，却见庞伟的基座上恣意镌刻着捐助者的大名，不，俗名；更有两三后生，正踮起脚尖伸长胳膊往上率性涂画，禁不住为之摇头长叹。敢情是起了天人感应，方唏嘘间，半空里几串炸雷响过，一场噼噼啪啪的滂沱大雨兜头淋下。上苍的震怒是霹雳交加的,雨箭雨鞭清楚它在惩罚什么。游人四散躲避,我辈也急速奔下台阶,钻进泊在场内的汽车。看那架势,这雨一时半会儿停不了,于是中断游览,取道下山。

出山不足百步,雨即止,回望山顶,依然是云漫漫雨茫茫的一片。车行至一处岔道口,向路人打听康有为的故居,答说在前方,一个叫丹灶的小镇;再问仔细,又说是在镇外,一个叫银河苏的村子。七拐八拐觅到地点,日已昏黄。故居的大门早落了锁,遍寻左右,也找不着一位管理人员,没奈何,只好在四周随便转悠。屋宇业已颓旧,但未败,山墙古朴而威严,地基宽阔而厚实,看得出,当年在这一带是颇为气派的,不愧为诗礼传家的高尚门第。宅前场院的右侧,立有康氏的铜像,暮霭里,一个神色匆匆的身影。一袭青衫,满目忧虑。是首次上书未达圣听归来?还是正赶往挂牌讲学的"万木草堂"?场院的前方有一湾荷塘,花叶已过了鼎盛期,露出一派萧疏,落寞,偏有三五男女仍在全神贯注地摄影,镜头对准选定的残荷,一动不动,宛如天文学家在观察银河的星体。

梁启超的故居在茶坑村,贴近新会有名的小鸟天堂。已忘了是先去打扰小鸟,还是先去拜谒任公,只记得是晌午,天气燥热的时分。门前有小溪流淌，水尚澄净，屋后环山，山巅耸塔，塔尖变幻着浮云。入院，左侧为怡堂书室，乃任公少年时读书的地方，右侧正大兴土木，该是在扩大纪念堂所的规模吧。经书室入内，曲折抵一回廊，观看梁氏生平图片与实物的展览；因为走错了门，结果变成倒着看，由身后而生前，由老壮而稚幼，由终局而起点；及至中途发现，已不想更改，索性换个角度，自省，自嘲，加自虐。你要想体会个中滋味，不妨想象一部早期国产默片在银幕上跳跃式地倒带。

三人中，以康有为居长，大孙中山八岁，大梁启超十五岁。康有为仕途不顺，十六岁进学，而后六考六败，饱尝世俗的白眼，直到三十六岁，才侥幸中举。话说他中举后不久，也就是在广州办"万木草堂"书院的那一阵子，有一天，正在广州行医的青年俊彦孙中山，慕其名声，托人致意，想要和他交个朋友。谁知康圣人恃才自傲，眼空无物，居然牛皮哄哄地发话："孙某如欲订交，宜先具'门生帖'拜师乃可。"笑话！孙中山又岂是摧眉折腰、低首下心之人？此事因而作罢，两位而后在各自的轨道上龙吟虎啸、揽星摘月的风云人物，就这样擦肩而过。

梁启超是三人中的小弟弟，崛起却最早，他十一岁进学，十六岁高中举人。十七岁上，得以相遇老秀才康有为，经过一日的长谈，终于为后者"以大海潮音，作狮子吼"般的学问和思想震慑，从此拜在康门，成了康大师手下最得力的弟子。以举人之身，拜秀才为师，这不仅要有眼力，还要有非凡的勇气。你不能不承认他是真正的早慧。设身处地，你或许会附骥权威，攀鸿显贵，恭敬上司，心仪英雄，魂销美人，然而，假如你已成功挤入上流社会，有朝一日，面对比你更为优秀的基层精英，是否也能心悦诚服地降贵纡尊、俯首折节？

三人中，以孙中山的功勋最为卓著，他缔造了中华民国。正是有鉴于此，他出生的香山县，嗣后改名为中山县。华夏各地，以"中山"命名的街道、学校、公园、殿堂之类，多得数不胜数。康梁生前，以他俩的故乡南海、新会为名号的尊称——康南海、梁新会，也已广泛行世，妇孺皆知。前者，至今仍活在书报杂志和世人的嘴上；后者，似乎已湮没无闻。是梁启超的声望、业绩逊于他的老师？不是，绝对不是。举一个突出的例子，毛泽东毕生推崇梁启超，他求学时代的笔名"子任"，就是取自梁氏的"任公"，他与蔡和森组织的"新民学会"，也是因袭梁氏的《新民丛报》，及其《新民说》；在习惯乃至心理上，毛泽东始终称"梁康"，而不是俗传的"康梁"。

也许是"任公"的名头太响，无形中掩盖了他的郡望。

中山故居门前有一株细叶榕，榕树下有一组雕像，塑造的是一位参加过太平军的冯姓老人，在给年幼的孙中山讲古。近据《羊城晚报》披露，香山抑或南粤冯氏族人的一位先祖，曾在 19 世纪初叶漂洋过海，旅居德国，并在那里遗下一支血脉。1992 年，一位外表已经绝对欧化的青年——冯氏在德国的第六代后裔哈根·亚瑟，携其女友，专程来中山寻根；这宗跨国，不，跨洲觅祖的韵事，如今仍在一批热心人中继续。啊，万里不算路遥，天涯永远呼应着海角，既然五湖四海皆兄弟，五大洲四大洋又为什么不能共一份和平，同一份繁荣？！——回头打量雕像中的那位太平天国老战士，不禁生发浩茫而微醉的联想。

水调歌头

一株乌桕树，在路旁浅斟《浣溪沙》，又一株银杏树，在路旁曼吟《临江仙》，为浸润根须、渗透枝叶的楠溪江。你说，四野无风，叶片都静止不动，咋判断树在浅斟曼吟？你呀，你的耳膜钝化了，被红尘的喧嚣磨出了铜钱厚的老茧，你已听不见植物的歌吟。那么，按你说的，你就判断吧。你看，这沿路的树木，主干都向一侧倾斜，最青春的枝条，最妩媚的绿叶，也都向一侧伸展，就像一个秀发纷披的少女，踮起足尖，伸长脖颈，向着田野那头的情郎，使劲挥动手中的花手绢。而田野的尽头，你很快就会看到，正奔流着清莹透彻的楠溪江。

浪花在用一首《渔家傲》应和。这你一准听见了。可你听得见时间的流水吗？从五千年前的新石器时代一路流过来，从《诗经》"江之永矣"、《尚书》"嘉乃丕绩"的咏叹声里一路流过来。楠溪江流经浙东南的永嘉。永嘉的首任太守，为晋朝的大学者郭璞；继仕太守中，最著名的，要数南朝的诗人谢灵运。谢公览胜楠溪，"清旦索幽异，放舟越坰郊"，"罗列河山共锦绣，浮沉沧海同行舟"，留下了多少甘醇清越的绝唱。难怪今人要在楠溪江大桥头，竖立他的石像。这可不是竖着玩的。这条楠溪江，扩而远之，这一片永嘉山水，经过一千五百多年谢诗的熏陶，已经蔚为一方祥瑞。风打这儿刮过，都要吸一口清香。云打这儿飘过，都要抖一个机灵。我们不搞个人崇拜，但永嘉山水处处都有谢灵运的气息和韵律，却是想抹杀也抹杀不了的。宋人苏轼就曾代表我们立论，"自言长官如灵运，能使江山似永嘉"。据记载，永嘉一地，从唐朝至清朝，光进士，就出过七百余名。这当然不能全算在谢灵运的账上，但至少与他开启的文运有关。怎么样？这下你服气了吧。你千里万里、千山万水来到楠溪，何不鼓胀肺叶如鼓动风箱，海吸它一阵天地间的灵气。

水底的卵石在淙淙弹奏。四天前在安仁元代古窑址，你我珍重捡起一片片残瓷碎瓦，只因它吸纳了七百多年的岁月。而这里随便捡起一枚卵石，绝对比古窑家族更要古老百倍千倍。你且托一枚在掌心，听一听卵石的肺腑之言。它说，它难得这么亲近地对一位作家诉说：世人但知吾辈圆滑，嘲笑我们的没棱角，没气节，这是对我们石格的极大污蔑。不信，就从你们人类的朝代算起，从夏朝一直算到今

天，一粒石子，在流
水的无情冲刷下，究
竟消磨了几分？而你
们讲人格的人哪，又
有谁的骨头，敢与我
们比坚！况且，要是
没有我们舍身铺作河
床，这一江流水，能

在楠溪江乘竹筏

有如此清澈澄明？这水底的溪鲤，能出落成远近闻名的"香
鱼"？这一路上的长潭短潭，又岂能蓄养大腹便便、雍容高
贵的巨鼋？！

　　竹筏在水面轻轻荡漾。我乘坐的筏，共由十三根毛竹扎
成。筏的头部上翘，令人想起天鹅的昂首。居中摆着三张坐
椅，殿后则是一对躺椅。老大（撑筏人）站在筏头，长篙一
撑，竹筏便优哉游哉地向前滑行。"小小竹排江中游，巍巍青
山两岸走。"多熟悉的歌声。多亲切的往事。我么，漂流过
武夷山的九曲溪，漂流过湘西的酉水，也漂流过丽水城外的
瓯江，当日乐山乐水，但从未仔细留神过竹篙，今日偶然一
瞥，但见：笔直的竹篙一插入江水，水下的部分立刻弯曲，
丈八长枪扭成了丈八蛇矛。啊，流水不腐，流水还能使刚物

·75·

变形。想起那日在青田石门，观赏位于瀑布下方深潭里的红鲤，其形其状，若急速抖动的红绫，倏往倏来，头尾皆不可辨。有些工笔画家腕底的游鱼，一须一鳞，都交代得清清楚楚。那使人疑心：他画的是死水。万物入水成幻，而万物一入时间之水呢？学者研究历史，须知那是被时间发酵了的掌故。记者捕捉新闻，莫忘了那也是经时间哪怕只是一刹那掺和了的现实。比方说，我手头正在写陈独秀，不管我怎么努力，我知道，我的陈独秀，也不会回归时间的隧道，他只能是，肯定是，光阴老人和我共同执笔的产物。

寂静在按着无声的节拍。寂静也能按拍？不，是鸟儿在打拍。"鸟鸣山更幽"，古人早有立意。一路漂去，水道两侧是白石磊磊的河滩，滩边耸杨，垂柳，杨柳屏风的背后为绿畴，为青山，而江上吟清风，舞蛱蝶，漾烟霭……唯独缺少人烟；除了先前在码头附近所见的浣衣女，以及戏水的村童，整个航程，就只剩下了我们，一帮远道而来的游客。这就好。这就清净。人烟，尤其是人所标榜的现代文明，是风景的大敌。这道理，古人也早明白。老话说"煞风景"，也叫"杀风景"，无论是"煞"，还是"杀"，都是人为的造孽。而奇山异水，是要由寂静滋养的，灵秀出于本真，出于自然。这就如同写文章，"一语天然万古新"，"清水出芙蓉"的妙品，必然要去浮华，去雕饰，去烟火。

一面绣有"瓯江文学大漂流"的队旗，在打头的那艘竹筏上猎猎欢舞。由浙江省作协和浙江日报报业集团牵头的这次活动，严格说来，是从龙泉市凤阳山的瓯江之源出发，经云和，穿丽水，过青田，然后一路采风到楠溪。凡被称为源头的，自然有一泓活水，从山的高处汩汩流下。遇到断崖，则扑跌为悬泉；水流愈涌，落差愈大，则飞扬为瀑布。而瓯江之源启迪我，所谓源，并非只是孤零零的一潭水。尽管山脚下出大太阳，山顶却是云笼雾锁，氤氲迷离。四顾，水汽雨意，从每缕云丝飘洒，从每道石缝渗漱，从每片绿叶滑落。宇宙造物，先是有一个大环境，然后才有小环境。而每一个小环境，又共同反馈于大环境。幼时读《千字文》，有"金生丽水"之句。这"金"，是否寓指此地的龙泉剑呢？龙泉自古以铸剑名世，而铸剑要用水来淬火，宝剑一挥山河开，是龙吟，还是水龙吟？

一滴水，只有从最高峰处跃下，才能化为源。

而无量数的涓滴之水共同作用，就能水滴石穿，水到渠成，水涨船高。

是日，我乘坐的竹筏，在最后一刻离岸。同乘者，有杭州沈虎根，富阳杨承尧，湖州陈云琴。老大是一位四十来岁的壮汉，长身，黑脸，套一件红背心，往筏首一戳，形象十分醒目。大名叫李修平，这是他用红漆漆在了椅背的。众筏友一起给老大鼓劲。老大兴起，长篙一点，筏驶如箭，激起哗哗的水响。转瞬就超过了一艘。眨眨眼又超过了一艘。承尧给老大敬烟，老大接过夹在左耳，也不吸。再敬，改夹右耳，仍不吸。承尧不过意，索性给他点着了，老大这才擦把汗，接过叼在唇边。我看到他的每一根汗毛都在闪闪发亮。我听到他的每一处骨节都在嘎嘎作响。我望着老大的虎虎生威，隐隐感到有一对虎翼在我腋下，不，在竹筏两侧扇动。放眼驶在前面的兄弟竹排，说话间就给我们一一赶上了，赶上了然后又超过了。此情此势，急得"石头城下的才子"储福金，以及"马背上的文豪"江浩等一干好汉嗷嗷直叫。叫顶啥用？本排的老大，当之无愧地成了整条江的老大。移篙换景，乘风破浪。他用一己的活力改变了世界的秩序，也为我们的血管添注了新的元素。于是乎，在筏上同仁大呼小叫的庆贺声中，本排率先抵达终点。落在后面的诗人柯平事后辩解，说："你们撑得那么快，在江上的享受，可没有我们时间长。"我朝他笑笑，答："老弟，我们是宁取速度。"有身后的楠溪江作证，当速度被注进了意志，糅进了向往，它的本身，就是一阕迷人的《水调歌头》。

浪花有脚

20世纪初叶降生，而后成为文坛或艺苑巨擘的那帮人物，当他们还只是十来岁的青青果时，又在干些什么呢？你能想到的答案，恐怕只有两个字：念书。

而沈从文却在当兵。

当小兵，揣着一腔红彤彤的将军梦，一当就是六年，在他的老家湘西，半兵半匪，亦兵亦匪。沈从文渐渐起了惊惧，他不甘堕落，他要挣扎。挣扎的结果是在十九岁上脱离行伍，跑去千里之外的北京。

你怎么到这里来了？姐夫问，你来北京，作什么的？

我来寻找理想，想读点书。

沈从文早先读过几年私塾与高小，他生性厌恶管束，动不动就逃学。傅雷小时候也常常旷课。不同的是，沈从文的父亲，盛怒之下，发话要剁掉沈从文的一根指头，傅雷的寡母，愤恨之下，差一点把傅雷拖进池塘活活淹死。

在沈从文幡然悔悟、北上求学的年纪，傅雷也去了法国。

傅雷在巴黎认识了刘海粟夫妇。刘海粟出道早，十七岁就在上海创立美术专科学校，他的惊世之举是在课堂公开倡导人体模特写生，犹如一石激起千层浪，余澜至今未消。

海粟当初背井离乡，闯荡上海，原是为了挣脱包办婚姻。他成功了，令人目眩神迷的大成功，无论是爱情，还是事业。当时，正携自由恋爱的伴侣逍遥复浪漫。而傅雷呢，因为和一位法国女子拍拖，闹得神魂颠倒，水深火热。也许是受到友人鲜拂拂甜蜜蜜的启示，那天，他鼓足勇气，给母亲大人写了一封家书，表明自己业已成年，婚姻的事，不须再让长辈操心，而应由自己做主；末了亮出底牌：请母亲容许他和表妹朱梅馥解除婚约。然后，鬼使神差一般，他竟把信交给刘海粟，托其代为邮寄。

奈何爱神丘比特总是弯弓不发，没过多久，傅雷和那位法兰西的金发女郎又彻底闹翻。新欢未缔，旧爱已辞，而可怜的寡母，而无辜的表妹，还不知在老家如何寻死觅活。傅雷悼心失图，方寸大乱，他想到了自杀。

幸亏刘海粟私下拆看了那封家书，幸亏他望闻问切，审长计远，断然予以扣押。谢天谢地，此举不仅挽救了傅雷与表妹的婚姻，还等于在这位游子背后击一猛掌，催他尽快学成归国，走上一代翻译大家的道路。

世人记得，海粟来巴黎之前，在徐志摩和陆小曼那出瞒天过海、移花接木的新潮恋爱上，展示的，也是这份难得的侠肝义胆。

比较起来，我倒更欣赏沈从文的求偶。从文二十六岁时，经徐志摩推荐，胡适首肯，破格成为上海中国公学的讲师。虽为人师，毕竟尚是处子，没过多久，他就看上了班里十八岁的少女张兆和。少男慕少艾，顺理成章的结局就是追。从文口不能悬河，笔下偏能生花，于是他就扬长避短，展开情书攻势。那是何等猛烈的炮火！别看他在战场上无所作为，移至情场，却表现得动如脱兔，惊才绝艳。张兆和饶是傲慢加偏见，也难以抵抗沈郎的坚韧和才气，四年后，她终于彻底抛戈弃甲投入从文的怀抱。

在这场攻防战中，胡适也有上乘表演。张兆和曾把沈从文的一摞情书交给校长胡适，告状说：

你看沈先生，一个老师，他给我写信，我现在正念书，不是谈这种事的时候。

她希望一校之长的胡博士能出面制止。

胡适却笑笑，说：

这也好嘛，他的文章写得蛮好，可以通通信嘛。

而当这一帮青春男女拉开人生大幕之际，有谁知道，花甲之年的齐白石，也正躲在京城的一隅，潜心他的衰年变法。

这也是一颗多情的种子，不论于艺术，还是于生活。

1967年岁初，马思聪偷渡香港，在决定下一步去向的时候，他想到了伦敦，想到了老友傅雷的长子傅聪。

傅聪是一位天才的钢琴家，1954年留学波兰，后因父亲坠入右派罗网，本人的命运也如幕燕鼎鱼，岌岌可危，于是从华沙出走英国，并在伦敦定居。

月黑浪涌高，小艇夜遁逃。话说马思聪离开大陆的那个夜晚，他是阖家四口一起登艇，急难关头，所有的行李都被迫放弃，唯独带着他的小提琴。

马思聪不能没有他的小提琴，犹如傅雷不能没有他的译笔。

载着马思聪一家的小艇从黄埔港动身，悄悄驶出珠江口，潜入虎门，在零丁洋上，猝遇巡逻炮艇。有一刻，探照灯的强光眼看就要罩住众人。马思聪濒临绝望，他在等待，等待那轰然一响的索命弹。

假如，我说是假如，那炮弹真的炸响了呢？

这令人不由得想到老舍，想到傅雷，以及沈从文。

老舍沉潭，傅雷服毒，沈从文改向，是帆落，还是帆张？

马思聪最终成为马思聪。老舍最终成为老舍。傅雷最终成为傅雷。

沈从文最终成为沈从文。

南海县西樵山丹灶镇。当日，马思聪出逃之前，就是在这儿匿居。

丹灶是康有为的故乡。世人多晓得康有为是梁启超的老师，但恐怕很少有人了解他也做过刘海粟的老师，指导后者的书法和古文。

1957年，刘海粟与傅雷同时被打入另册。在两次中风，险成瘫痪的逆境，他依然倔犟地，倔犟地，像他生平最为心仪的黄山松，傲骨铮铮地硬挺了过来。

罗曼·罗兰为贝多芬作传，说：贝多芬的一生宛如一天雷雨的日子。

光这威势赫赫、大气游虹的比喻，就足以使吾辈心醉。

而此刻，立在南海边的一块船形礁石上，看眼前帆卷帆舒，涛生涛灭，我忽然悟得，许多文化艺术大师的一生，其实都是在各自生命的海域，作着形形色色的偷渡。

犹太三星

　　马克思的时代，江上青峰一般，向时间激流的深处隐去，隐去，离我们已愈来愈邈远。马克思生于1818年，入世比狄更斯、洪秀全稍晚，比惠特曼、李秀成略早，与屠格涅夫同岁，假如活着，纯粹一个白胡子老头儿，比圣诞老人还要圣诞老人。此翁卒于1883年，享寿六十有五。他传世的肖像，浓髯密髭，目光如炬，应属晚年的特写。马克思天资聪慧，少年英发，三十岁就写出了《共产党宣言》。奇怪的是，世人如今瞻仰的，一律是满腮于思、一脸风霜的老马；至于小马的昔日丰采，敢说没有几人会记得。

　　曾经恭恭敬敬地翻阅过马翁的书，在求学求经的年代。说是翻阅，因为他的书，一来卷帙浩繁，没工夫细晴，二来内容深奥，不容易消化，只好东选一章西择一页，拣实用的过瘾。倒是有一部苏联人写的《马克思青年时代》，读了又读，抄了又抄，印象深如刀刻。当日，我佩服小马的，首先是他通晓多国语言。他把外国语当作人生斗争的重要武器，先后攻下了拉丁文、希腊文、法文、英文和意大利文。《圣经》讲得清楚，上帝统治世界，法宝之一，就是让世人各操一种语言，彼此隔膜，互为利害。马克思在青青子衿的学生时期，就突破上帝设下的樊篱，这对他关注、思考全人类的命运，大有裨益。我佩服小马的，其次是他精通数学。在我的想象中，数学是上帝的音乐，能够利用数学和上帝进行心灵的交流，自然有助于窃获创世的奥秘。

这几年重读马克思，深深懊悔我们的某些政治家、理

与四弟玉清在德国

论家，马克思在东土的真传弟子，偏偏忽略了一些必修的入门功课，像外文和数学。必修意味着不可逾越，意味着眼光的训练，知识结构的调整。它是一种素质的濡养，虽然看不见，摸不着，却制约着你思维的力度，生命的强度。在这儿，我国传统文化中鄙视外文、排斥数理的心理定势，罪不可宥。悲乎哉！既已不懂外文，又不肯出国考察、学习，如何能放射出全球眼光？结果，眼睁睁把一场胸怀祖国、放眼世界的歌舞，排演成闭关锁国、夜郎自大的荒诞剧！昧于数学，自然更心中无数。曾经有一个阶段，我们每搞一次运动，都强调打击百分之五的一小撮，殊不知这一小撮的百分之五，一次又一次累加起来，总有一天，会接近总人口的百分之百。上帝在天堂必定发笑：如果把那么多的人都当成打击对象，你的革命再伟大，到头来还能指望谁的支持？又譬如我们的一些口号，像什么十五年超英赶美！亩产十万斤稻谷！七八年来一次横扫牛鬼蛇神！等等，听起来似乎有根有据，理直气壮，拿实践一检验，莫不是满纸荒唐言，一把辛酸泪。

爱因斯坦诞生于 1879 年，小马克思六十一岁，与斯大林、托洛茨基、陈独秀同年，算到今天（1998 年），也有一百一十九年的史龄。爱翁的书，我不敢妄翻，坦率承认，看不懂。他的相对论，据说全世界能弄明白的，也寥寥无几。在下学的不是他那一行，完全属门外汉。门外也好，距离反而激起更热烈的崇拜。

我很欣赏这样的一幅漫画：头发蓬乱、目光迷惘的老爱因斯坦，徘徊在自家公寓的楼外。他刚才出去散步，一定跟上帝争论得太激烈了，在天国逗留得太长太久了，以至于返回尘网，竟认不出自己的家门而不得不俯首弯腰，问一个邻居的男孩：小朋友，你能告诉我爱因斯坦博士住在哪儿吗？

另一幅漫画也非常引人入胜：爱因斯坦的脸被画成一把小提琴，琴弦上颤抖着音符，还曼舞着那道著名的物理学公式：$E=mc^2$。

一个天才的临世，总要伴随着一些异乎寻常的征兆。在这方面，我们东方人特别讲究。《封神演义》描写哪吒降生之前，有一个道人托梦给他的妈妈：夫人快接麟儿！《三国演义》介绍刘禅身世：甘夫人尝夜梦仰吞北斗，因而怀孕，故乳名阿斗。今人写曾国藩出生，也是饶有兴味地转述：是夜，曾国藩的祖父忽然看见一条巨蟒在空中盘旋，慢慢地靠近家门，然后降下来，绕屋宅爬行一周，进入大门，正惊诧问，老伴喜滋滋地走过来，说：孙子媳妇生了，是个胖崽！西方人对此也有讲究，一般来说，还算唯物。比如，据聂运伟的《爱因斯坦传》介绍，爱因斯坦呱呱坠地，后脑就大得惊人，而且头骨呈棱角状，令人害怕。母亲不禁担心他的健康，老祖母看到孙子，也低声嘀咕：太重了！太重了！她不是说孙子的体重，而是这个大而怪的头颅让她不安。

这个大而怪的头颅，最早，也最疯狂吸收的，是音乐。爱因斯坦三岁迷上了音符的舞蹈，六岁练习拉小提琴，稍长又练习弹钢琴。再而后，才是数学、物理。涵容千汇、超拔万籁的艺术和严格规整、一丝不苟的科学，组成了他鹰击鹏翔的双翼。传说他与另一位要好的物理学家，常常就相对论展开争论，逢到双方旗鼓相当，谁也说服不了谁，他们就自动休战。这时，爱因斯坦拉起小提琴，朋友则弹起钢琴，那真是美妙绝伦的配合，专业乐师也欠他俩几分神韵。然而，当一支乐曲刚刚奏到一半，爱因斯坦会突然停下，拿弓使劲敲击琴弦。这是一个信号，意味着优美的旋律激发了灵感。朋友心有灵犀，也立即停止弹奏。争论于是重新开始。如果依然水不落石不出，双方僵持不下，爱因斯坦又会示意暂停，然后径直走到钢琴旁，用双手弹出三个清澈的和弦，并反复击打这三个和弦。

这三个和弦，犹如在敲上帝的大门：镗！镗！镗！

又像是在叩问大地：怎么办？

弹着，弹着，大自然的心弦被拨动了；上帝的大门敞开了；创造的火花如漫空星斗闪烁。两个好朋友笑了，悠扬的乐曲又开始在房间里回荡。

每当我读到这一段，眼眶常盈满泪水。艺术的美与科学的美，如日月双星，互为映照，如高山大海，一脉相连；爱因斯坦在物理学领域的非凡发现，正是建立在和谐、统一的宇宙美学原则之上。

回头再看看我们：搞科学的，有几个精通艺术？更不用说搞艺术的，基本上不懂得科学！唉，我们的精神天幕曾经是残缺不全，漏洞百出，急需当代的女娲援手修补。

弗洛伊德生于1856年，小于马克思而大于爱因斯坦，在三人中，排行老二。然而，我接触他的著作，却是80年代以来的事，远远落在爱因斯坦之后，所以印象中，总觉得他比爱翁年轻。第一次看见弗氏的肖像，猛地一愣，那悬崖似的天庭，黑森林般的胡须，幽幽深潭式的眼神，使我想到了萧伯纳！翻开《辞海》萧伯纳的词条一查，嗨，你说巧不，他俩不仅容貌相像，还是同岁。

弗洛伊德的异禀也是与生俱来。你读过狄更斯的《大卫·科波菲尔》吗？科波菲尔降生之际，从母体带出了胎衣。这是极为罕见的，作家借此表现主人公与众不同的命运。弗洛伊德的出世，仿佛是科波菲尔经历的再现。那真是激动人心的时刻：他一落地就从娘胎带来了势能，一位在场的医生骄傲地宣布，小家伙将征服全世界！

弗洛伊德扬帆启程了，在马克思之后，爱因斯坦之前。他创造出了一套精神分析学说，问世不久，就风靡欧美。弗氏认为：人的心理分为两个对立的部分意识和潜意识；而存在于潜意识中的性本能，则是左右个人命运、决定社会发展的永恒力量。弗氏的学说，二三十年代传到我国，曾在章士钊的案头曼咏，周作人的枕畔低吟，激起的是烟笼寒水月笼沙的朦胧意蕴。鉴于弗氏的精神分析，尤其是核心部分的性本能，和我国的国情严重冲突，因此，50年代伊始，对待他的，就不再是掌声，更不是鲜花，而是一纸禁令。直到社会启动了改革，国门迎来了开放，弗氏的学说，才重新在坊间流行。我最近随便翻了翻他的几本书，感慨万分的，倒不是他的理论，而是他的献身精神。弗氏曾告诉朋友：像我这样的人，活着不能没有嗜好，一种强烈的嗜好用席勒的话来说，就是暴君。我已经找到了我的暴君，并将无条件地为之服务。这个暴君就是心理学。瞧，他说得多好！弗氏还兼具诗人情怀，不管研究如何繁忙，每天坚持从雪莱、歌德、波德莱尔等大家的作品中汲取灵感。他的一部分创造性思维，正源自于对优秀文学作品的豁然憬悟。

在近代史的长卷画轴中，马克思、爱因斯坦和弗洛伊德，是改变历史进程的三位大师。马克思揭示的人类社会发展规律，改变了人们的历史观；爱因斯坦提出的相对论，改变了人们的宇宙观；弗洛伊德的精神分析，改变了人们对心灵世界的认识。不知你注意过没有，三位大师有一个共同的背景：清一色的犹太出身。爱因斯坦和弗洛伊德的双亲，都是犹太人，马克思的父亲，是犹太人。犹太民族的文化精神，冶铸了他们独特的个性基质。同时我们看到，他们又都是操德语的犹太人。马克思诞生于德国的特利尔，爱因斯坦诞生于德国的乌尔姆，弗洛伊德出生于弗赖堡，成长于维也纳，属于奥匈帝国，讲的也是德语。日耳曼民族的文化精神，无疑将他们独特的个性基质，又狠狠淬了一道锋刃。这机缘，与其说是偶然巧合，毋宁说是人类创新品质的成功自组。一方面是闯荡天涯的坚韧不拔，一方面是啸傲大陆的强梁霸气，一方面是出神入化的经营玄机，一方面是严谨缜密的学术乾坤。两种优秀的民族精神相激相撞，相融相合，终于电光石火般，催生出直逼上帝的三颗思想界巨星。

海天摘云

    从台北搭航班去香港，你占的是 36 排 A 座，紧靠左侧的舷窗。习惯上，无论乘空中还是地面巴士，你都喜欢挨着窗口，多一份向外的视野，心理上就多了一份翱翔的自由，一处随意舒展的天地。这天，当飞机沿着台湾西北海岸，折而向南，你一边俯视下界，一边不禁想起了大陆的东南海岸。近来，你数番由北京去杭州、厦门，或由上海去温州，印象中，江南的海岸线轻灵错落，楚楚有致，若天气晴朗，能见度高，看一路浓绿间点染着白墙黑瓦、红墙蓝瓦，宛然在一只巨型的翡翠盘中撒放着一颗颗晶莹的玛瑙。而台湾的西北海岸，一眼望去，就荒凉粗糙多了。山色斑驳，建筑杂乱，引人"一川碎石大如斗"的浮想。实际情况可能不是这样，但你第一感觉如此。既然下界缺乏审美的愉悦，你索性关上窗，专心翻阅方才在机场购得的书报。

    这是一册《壹周刊》，当你打开目录，立刻为董桥的专栏吸引。在云霄邂逅近香港的散文翘楚，不啻是一场艳遇。文章题目为《流言》，情节极其简约：中学时代的一位高年级美人，爱上了年轻英俊的校长。流言不胫而走，燕瘦环肥，衣香鬓影，越传越缤纷。男女主角最终在噬人的流言中分手。三十多

在台北

年后，一位老同窗在天涯偶遇当年的美人，为芳草迟暮而大发感喟。

你笑了，轻轻地咬着牙齿，只是透过目光和眼角露出笑意。因为你赴台前刚刚写好一篇散文，主角也是少女，背景也是流言，你担心撞车。及至读完全文，你放心地舒了一口长气，差别是显然的，就跟你同董桥的文字与长相一样，绝不会为他人混淆，绝不。

你认识董桥吗？不认识。连董桥的照片，也想不起是否在哪儿见过，脑屏光溜溜的没留下一点显影。但董桥就在你身边，你自信。倘若他也搭乘这趟航班，在满舱的须眉中，你保准一眼就能识荆。凭什么？就凭他文字传达出的信息。

董桥的文字是极富雅趣的。他说韶光流逝，"转眼扑蝶的旧梦都过去，只剩看山的岁月了"；说女子明眸善睐，"最动人的是那双水灵的大眼睛：深情的涟漪圈圈难散，激情的激溅随时溅扬，十步之外都领略得到那一潭魔光"；说印尼的一处小城，在半旧不新的 20 世纪 50 年代，"我的老家正好坐落在城南城北的交界地带，宅院西化，内里却是暗香疏影的翻版……路过的汽车里坐的总是洋装男女，靠在三轮车上养神的全是鸳蝴小说的主角。天很热，那些男人的脸像炸子鸡的鸡皮那么油亮；睡过午觉洗过澡的女人也仿佛刚蒸出来的寿桃包子，红红的胭脂和白白的香粉都敷上一层汗气"；说韵士高人，"这家伙嘴里含着银调羹出世，绝缘尘虑"；说回忆之不可靠，"另一些记忆却全凭主观意愿妆点，近乎杜撰，弄得真实死得冤枉、想象活得自在"；说男子瘦削而英挺，谓"身高入云"……遣词造句是作者的眼波流注，此种顾盼，有别于郁达夫，有别于徐志摩，有别于林清玄，只能是董桥。"身高入云"，这词未必为董桥首创，却似乎是为他度身定造。在你看来，董桥如果翩然现身，就应该是这般风景。

比起台北的安闲、静谧，香港无疑是万丈红尘。街道窄如峡谷，人流猛过山洪，热浪扑面，市声震耳。你不是马，到此也无端变成了马，眼底不时掠过生活的鞭影。你不是鱼，到此也忽悠变成了鱼，七沟八汊七拐八弯地寻觅出路。那天，你就扮演了这样的一尾鱼，游在铜锣湾，游在中环，最后游过了海，来到尖沙咀。

你在尖沙咀小憩。近岸有艺术宫，艺术宫辟有袖珍公园，公园里盘踞着遮天蔽日的老榕。你坐在老榕下，摊开一册新出的《明报月刊》，悠然，陶然，一任海风吹拂，光影亲吻。

巧了，《明报月刊》设有台湾散文大家余光中的专栏，让你觉得这简直是在和董桥打擂台。余氏本期的作品名《黄河一掬》，写的是在济南郊区看黄河。平常而又熟烂的题材，在余氏腕底竟一咏三叹，九曲回肠。

你且从容咀嚼。余氏行文一贯讲究色彩，譬如初见黄河："除了漠漠天穹，下面是无边无际无可奈何的低调土黄，河水是土黄里带一点赭，调得不很匀称，沙地是稻草黄带一点灰，泥多则暗，沙多则浅，上面是浅黄或发白的枯草。"而远处，在对岸的一线青意后面，有隆起的山影状如压扁了的英文大写字母 M，"正是赵孟頫的名画《鹊华秋色》里左边的那座鹊山"，又指出徐志摩那年空难，也"就在鹊山的背后"，于不经意间引经据典，处处凸显学者的本色。余氏还是诗人，诗心不会不有所表现。但见他在众人的注目下，"岌岌加上翼翼"，把"手终于半伸进黄河"。一刹那，他的热血触

到了黄河的体温，思古之情、感今之慨如黄河之浪滚滚滔滔
而来。禁不住临风啸吟："不到黄河心不死，到了黄河又如
何？又如何呢，至少我指隙曾流过黄河。"

　　假如文章到这儿戛然而止，也不失为一篇美文。报刊上
习见的散文，多半是这种套路。余氏不愧是大手笔，他笔尖
忽然一挑，带出了在山东大学朗诵关于黄河的诗作，五百听
众齐声相和的盛况：

> 传说北方有一首民歌，
>
> 只有黄河的肺活量能歌唱。
>
> 从青海到黄海，
>
> 风，也听见；
>
> 沙，也听见！

　　流沙河曾奇怪他没见过黄河怎么会写得如此感人，余氏
回答得好："其实这是胎里带来的，从《诗经》到刘鹗，哪一
句不是黄河奶出来的？"因此，面对黄河河道的日益枯萎，
他喟然长叹："黄河断流，就等于中国断奶！"余氏从眼前黄
河的淤塞，顺手引出龚自珍《己亥杂诗》中的悲愤，"亦是今
生未曾有，满襟清泪渡黄河"，以及他情人灵箫的酬唱，"为

恐刘郎英气尽，卷帘梳洗望黄河"。

写到这儿，作者"从衣袋里掏出一张自己的名片，对着滚滚东去的黄河低头默祷了一阵，右手一扬，雪白的名片一番飘舞，就被起伏的浪头接去了"。多么浪漫，又多么出人意料。余光中毕竟是余光中，诗家毕竟是诗家，你不能不为他的才气和慧心折服。

且慢，余氏笔意未尽，余音还在袅袅："回到车上，大家忙着拭去鞋底的湿泥。我默默，只觉得不忍。翌晨山大的友人去机场送别，我就穿着泥鞋登机。回到高雄，我才把干土刮净，珍藏在一只名片盒里。从此每到深夜，书房里就传出隐隐的水声。"

这才完结了一篇珍品。这才完整了余光中。余氏是修辞大家，词豪调激，色浓藻密，是其主打的强项。本篇在他的作品中并非典型，却写得婉转、明净而又感人。同是这篇文章，如果移到余秋雨的名下，就会显得造作，移到贾平凹的名下，就会过于庄重，移到张晓风的名下，就会相对拘谨，文风各别，一如其面。余先生近年在内地相当活跃，虽未有幸亲炙，他的形象已称得上熟悉。倘若让你撇开他的真人，就根据手头这篇文章，概括一下大致的印象，你么，你会选：一颗诗心，一绺白发，外带一份刻意经营的"岌岌加上翼翼"。

改天在湾仔，也是袖珍公园，也是浓荫下，隔海遥对尖沙咀，你读王鼎钧的散文。董桥、余光中、王鼎钧，是当前港台最具实力的散文重镇。翻开后者文集的同时，你突然涌起让三位同场竞技、一较高下的欲望。前二位的文章，刚好一人读了一篇，并且是纯属偶然，未加挑选，为了表示公平，你闭上眼，捧着王鼎钧的文集，信手翻到一页。你翻到的就是这篇《闰中秋·华苑看月》。

王鼎钧早岁从大陆浪迹台湾，壮岁又从台湾移居美国。本篇写于1995年，那年闰中秋。中秋赏月，这是华人文化的积淀。在美国纽约州赏月，哪儿最是相宜？他选中了北部的度假山庄"华苑"。第一个中秋，冷雨飕飕，大煞风景。好在第二个中秋天朗气清，花好月明，异乡客，终于梦圆今宵。

且听他娓娓道来：第二个中秋，"车到华苑，月正中天，光华扑面，近在眼前。这月仿佛是另一个月，来时途中所见的月，是一个天真的公主，到了华苑中庭，月是一位华贵的皇后。她步下重阶，敞开庭院，纯净天身，四野透明，夺目中疑有裙裾摇曳，扫退众星，缓步前行"。

且看他笔下飞彩："月神巡行，似有天使献花，她的四周出现虹一样的环。似有天使扫街开道，脚前的星赶快躲开，等她走过，从背后伸出头来。夜色如雪，化中夜为黎明，这时，月重新磨洗，月中没有玉兔桂树，没有火山坑洞，只有美，美走过去，落下来，草上霜华四溅。这是月的领地，美的容器，万古千秋，若有所待。"

以下的叙述近似魔幻："月下，高尔夫球场在失眠。苹果在捉迷藏，葡萄嘻笑，马场如一张宣纸等待落墨，西点军校排列着英雄梦，庄严寺檐角高耸指月为禅……华苑有湖，月到湖心，天如水，水如天。湖面如镜，是放大了的团圞，微风拂过，水纹以扫描释放皎洁，水月似空似色，似有为似无为，似人间似天上。湖畔月下，不知此身是水是月，恍觉此世是水也是月。"

这一节华美而睿智的抒发，最是鼎公的擅长："你来看月，月也一定看你。你将从月中看见一切美：正在拥有的美，业已失去的美，尚在幻想的美。一切如意，即使是死刑犯，也不会从月中看见刽子手。即使是破产者，也不会从月中看见债主。如果什么也不想，那就试试看，让月把你照成一团空明，不垢不净。"

王鼎钧之不同于董桥，不同于余光中，也不同于朱自清、秦牧、杨朔，或内地的任何一位老手新锐，这是一眼就可看出的。此篇在鼎公集中入抒情类，属上品。鼎公似乎不喜亮相，你书架上有他的数种文集，哪一种也没有他的照片。他究竟高矮胖瘦，精明木讷，一无所知。哈哈，现在就看你的能耐了。你说，就冲眼前这一篇文字，你直觉鼎公长得是什么模样？

这个嘛，嘿嘿。从笔调看，余光中当年也酷爱这般烛照万彩，急管繁弦，而且其语言的"弹性和密度"，比起鼎公更有过之而无不及。但余氏晚年放松节奏，如黄河四千六百里，绕河套，撞龙门，过英雄进进出出的潼关一路奔流到鲁，渐入疏朗平阔。董桥么，历来雅好"窗竹摇影""野泉溅声"，逍逍遥遥一派斯文。是以，董文令你想到翩翩公子，余文令你想到舒舒长者，而王文，则令你感触老而弥坚，中气十足。就这么斗胆拍板，容你想象，鼎公外貌，必定像文章中写到的"红枫紫槭"，屯霞宿云，焰焰欲燃，苍劲到极致，而又古朴到极致。

返京之前精简行李，你把《壹周刊》《明报月刊》之类的书报统统扔掉，仅把董桥、余光中二位的大作撕下保存。为了保证对董、余、王三位先生上述三篇文字的足够敏锐和专注，你又把鼎公文集的其余文章用透明胶条封牢，只留下一篇《闰中秋·华苑看月》；并且决定，年内不再涉猎三位先生的任何其他文字。

第三辑

美女如何升华为美神

一

谁还记得小时候的海伦？公元前 12 世纪，古希腊之斯巴达，那时没有照相，没有档案，没有包打听如"狗仔队"的摸底跟踪，一个金发碧眼的小姑娘，也就是比东邻西舍的孩子长得周正一点，水灵一点，水灵一点又怎么样？希腊出美人，美人儿多得就像果园的葡萄串，连阳光都懒得亲吻，风儿都懒得娇宠，鸟儿都懒得啄食……当然啰，不会有人再去关注那些"待放前的苞"、"化蝶前的蛹"，只有任其春深如海，任其空山鸟啼。

海伦长成亭亭玉立，豆蔻年华，出落得一天比一天甜，一天比一天媚。春色满园关不住，一枝红杏出墙来。终于在某个欢乐的饮宴上，有位竖琴师宣布她是全城最俏的佳人；哗，举座鼓掌，猛灌醇酒。这芳誉隔周就被改写，又有位行吟诗人宣布她靓冠全国。过了一月，更由官方的发言人出面，确认她为希腊第一美女。

海伦自是成了斯巴达的明星，架秧子起哄宣传炒作争当义务广告员的主要是男人。男人的生性就是贱，见到稍具姿色的女人，眼神就发黏，见了海伦这样的"希腊小姐"，一个个更是瞳仁放光，血管扩张，心跳加剧。斯巴达是个蕞尔小国，假设国里有一万个成年的男子汉，这一万个男子汉都让海伦搅得神魂颠倒，晕晕乎乎。一万比一，多么浪漫而又残酷的游戏。结果却使他们群体心肌梗塞，海伦竟外嫁给了亚各斯国的王子，那个粗暴而丑陋的墨涅拉俄斯。这完全是由她的继父，也是斯巴达的老国王，一手运作，他代表组织，组织的意志谁也无法反抗，包括海伦本人。

婚姻充当政治的筹码，这档事由来已久，恩格斯曾经从生产力与生产关系的角度做出阐述，我忘了原话是怎么说的，斯巴达老国王的导演，不啻为我们做出了形象的注解：他首先借助美女海伦，与希腊最为煊赫的家族联姻；进而，又让墨涅拉俄斯当了上门女婿，接替自己的王位，从组织路线着手，确保国家的长治久安。

海伦这就成了斯巴达的王后。作为女人，在任何朝代，这都是一个让人欣羡的位置。何况她又貌若天仙，美绝尘寰。此时的海伦，已从一个深宫的少妇，抽象为王国的偶像，公众的情人。当年，女人们碰到一块，三句没寒暄完，话题就会转向海伦。海伦是扬不尽的麦粒，海伦是舀不完的蜂蜜。男人们聚餐豪饮，吆五喝六，海伦是当然的酒兴。"干吧干吧干完这杯酒，权当这是海伦的酒窝！""怎么着你是想让海伦来敬酒？嗨，不醉不准谈海伦！"……

斯巴达整个儿进入了海伦时代。这段大写意的、泛着阳光泡沫的日子，又不知流淌了多久多久——谁也记不得，谁也懒得记。突然有一天，斜刺里杀来了特洛伊王子帕里斯。他是乘船跨海而来，率领小亚细亚的雄师而来，怀着满腔复仇怒火而来。都怪某个冒失鬼曾经抢走他的姑姑，也就是特洛伊国王的姐姐，眼下，他正是奉了家父之命前来讨伐。这下麻烦大了。帕里斯扬言不荡平斯巴达，决不罢休。然而，在一个偶然的场合，他撞见了海伦——这是怎样的"电击"，你可以联想到铜矛出手的呼啸，皮肉烤焦的剧痛，灵魂出窍的崩溃！帕里斯当即为海伦的美貌灼伤，他把国仇家恨丢过一边，拿出全副精神，和这位敌国的王后玩起地中海风味的"二人转"。

帕里斯无疑是谈情高手，短短几天，就把海伦征服。不是简单的情感或肉体的征服，而是诱使后者背叛国家，毁弃名节，跟了他一起，渡海前往小亚细亚，前往特洛伊。

这是怎样的奇耻大辱！斯巴达王冠上的明珠被人摘走

了！斯巴达血管的活力被人抽走了！作为当事人的丈夫和一国之主，墨涅拉俄斯自然暴跳如雷，七窍生烟。他立马去找他的兄长、希腊各国的盟主阿伽门农，请求他出面为自己报仇。这就显出了老国王的远见：阿伽门农挺身而出，冲冠一怒为红颜，他召集各王室英雄，组成一支包括十万人马、一千一百八十六艘战船的联军，浩浩荡荡向特洛伊杀去。

二

一个激发两国大战的女子，自然要引起后世无穷的兴味。那么，这女子从哪里来？她的父亲是谁？母亲是谁？她又是怎样一步一步迈进斯巴达的王宫？凡此种种，专家学者苦于资料短缺，证据不足，难以自圆其说，神话传说就应运而生。一则流行的希腊神话讲，海伦的爸爸是宙斯，天上的众神之王，人间的万物主宰，妈妈是丽达，埃托利亚风姿绰约的公主，天地交泰，龙凤呈祥，在一刹那的和鸣中缔定了海伦的高贵与非凡。为了增加神秘色彩和阅读趣味，故事又说，丽达患有洁癖，常去欧洛斯河洗澡，风流成性的宙斯便化作一只天鹅，诱使公主受孕，十月怀胎，产下了两枚天鹅蛋，其中一枚，就孵化出了海伦——嘿，套用咱们东方思维，是名副其实的天鹅肉！

故事急转直下，如今，美丽的"天鹅"居然移情别恋，撇下夫君跟人私奔，这事无论搁在东方还是西方，都令人索然扫兴。所以神话又出来圆场，传说若干年前，宙斯的老婆赫拉、女儿雅典娜和阿佛洛狄忒（罗马神话称为维纳斯），这一家子三口，争夺一只金苹果。吸引力当然不在于它的物质属性——对于神仙，一坨黄金又算得什么？它是一种信物，象征"众美之最"，谁得到了它，谁就戴上"宇宙之花"的桂冠。母女仨互不相让，一起去找老当家宙斯评判。清官难断家务事，这道理，天堂人世都一样，宙斯不想得罪家里任何一位，就把仲裁权下放给特洛伊王子帕里斯。小王子彼时落魄，在一处深山牧羊。三位女神找到他，争相许下重酬（毋宁说是贿赂）。赫拉开出的是权杖，雅典娜承诺的是智慧，阿佛洛狄忒答应的是爱情。换了现代人，我想帕里斯一定选择权杖，因为它的魔力足以囊括一切，包括智慧和爱情。帕里斯毕竟单纯，他正值青春年少，雄性荷尔蒙分泌过量，血管里骚动着喧哗着爱，于是，他就把金苹果判给了阿佛洛狄忒。后者赢得了金苹果，赢得了"众美之最"的特许，投桃报李，她就在暗中发力，把同父异母的阿妹，也是世间的尤物海伦，一把推入帕里斯的怀抱。

这里，所谓神，其实也是人，是人的脾性和能力的延伸。那是一个半人半神、半神半人的时代，人具有神仙的大智大勇，神仙也具有人的七情六欲。赫拉和雅典娜在争夺中落败，恼羞成怒，发誓要严惩帕里斯。是以，当帕里斯拐走海伦，金屋藏娇，赫拉和雅典娜便兴风作浪，纠结奥林匹斯山上的一派天神支持希腊联军，重新夺回海伦。阿佛洛狄忒岂能坐视不救，她也邀了奥林匹斯山上的另一派天神援助特洛伊。人的战争得到神的参与，直搅得天崩地坼，雾惨云昏，那场面，颇像《封神演义》中的商周牧野之战，天上人间打得一塌糊涂。

三

闹了半天，海伦究竟有多美？比如她的眉眼，她的发型，她的三围，她的身高等等，仍然是一个谜。为了写作这篇短文，我曾查阅两幅油画版的海伦，一幅为红发女郎，臃肿而傲慢，鼻梁很长，嘴角下垂，充满肉欲，这不像是风靡爱琴海两岸的美人，倒像是对美的亵渎；一幅为金发女郎，膀宽腰圆，丰乳肥臀，说实话，由她来做人妻做人母，负责处理家务、抚养后代，倒是颇为恰切，但若由她充任绝世佳人，未免开国际玩笑。我还特意去影院观看了好莱坞大片《特洛伊》，海伦一角，由德国名优戴安娜·克鲁格出演。克鲁格金发碧睛，身材修长，目光迷人，用她的妩媚驱动十艘战船，或许有戏，但若指望她驱动一千多艘战船，像伟大的海伦，绝对是天方夜谭。

最早记录下海伦之美的，是古希腊盲诗人荷马，在他的史诗《伊利亚特》中，海伦前后出场三次，荷马不愧是世界级巨匠，他深知倾城倾国之美，难以用言语形容，所以笔尖仅仅触到海伦"白皙的手臂"、"飘飘的长袍"、"闪闪发光的面纱"，如是而已，如是而已，余下的，则留给读者充分遐想。美人袅袅兮隔面纱，仿佛兮若轻云之蔽月，飘摇兮似朝雾之笼花。这叫什么？这就叫朦胧美。

这场围绕海伦的厮杀，整整持续了十年。与其说是两国交锋，不如说是宙斯的天庭子孙和尘世子孙的混战——西方意义上的天人合一。混战中涌现无数英雄，在特洛伊一方，为赫克托尔，他是国王的长子，帕里斯的哥哥，宙斯钟爱的盖世豪杰。赫克托尔的造型，类似我国戏剧舞台上的白袍小将赵云，他一手撑起了特洛伊保卫战，忠心赤胆，智勇双全，生命不息，战斗不止。在希腊一方，为阿克琉斯，他是海洋女神忒提斯和希腊勇士珀琉斯之子。当初，正是在珀琉斯夫妇的婚宴上，发生了三位女神争夺金苹果的事件，这才牵出了帕里斯和海伦，牵出了连绵不绝的战争，可见，一切都暗含天机。阿克琉斯属于"拼命三郎"，就武艺来说，天下第一。他更有一样异能：刀枪不入。天，这哪儿是人？分明是神！天神宙斯他老人家也不好摆布哦，造化便在他身上留下一处死穴：脚后跟。战争末期，站在特洛伊一方的太阳神阿波罗就是窥准了他这要害，朝他的踵部射出致命的一箭。

特洛伊战役的高潮，是神乎其神的木马计。希腊联军虽然兵多将广，奈何特洛伊人凭城固守，久攻难下。战争打到第十个年头，一天，希腊联军佯装撤退，在营址留下一匹庞大的空心木马，里面埋伏若干敢死队员。特洛伊人不知是计，把木马当作战利品运进城。抗战抗到这个份上，特洛伊人实在是太兴奋了，太激动了，胜利冲昏头脑，当晚举城狂欢，人人喝得酩酊大醉。这时，隐藏在木马腹内的敢死队员悄悄杀出，打开城门，与隐蔽在城外的希腊大军配合，一举攻下特洛伊城。

海伦因其情奔而引起十年血战，海伦也因十年血战而名垂后世。反观我国古代，和战争结缘的美女有的是，譬如夏朝的妹喜，譬如商朝的妲己，譬如春秋的西施，譬如三国的貂蝉，但她们的行情，不是红颜祸水，就是死于非命，哪像人家海伦，经历十年战火的熏烤（按说也应该是徐娘半老的年纪了），依然活得结结实实，健康美丽，并且愈发光彩令目，不可方物。《伊利亚特》描写海伦初次出场，甫亮相，就让天地山川为之一震。说的是那天兵临城下，特洛伊的王公大臣与诸位元老在城楼观战，因为战争旷日持久，损失惨重，难免啧有烦言。节骨眼上，海伦沿着城墙走过来了。她来干什么？是巡视特洛伊守城的部队，还是观察希腊联军攻城的阵势？一方是新欢，是挚爱。一方是前夫，是故国。沦于漩涡的中心，海伦不由百感交集，万念纷驰。双方在为她对决，刀光剑影，血流成河，可是，有谁叩问过她心灵的抉择，有谁体谅过她难言的苦衷？海伦屹立城头，目光穿越堑壕，穿越旌旗，穿越大海，流露出日月蒙尘的大悲悯，大哀恸。正是这种泣血的战栗，无语的苍凉，伤心的顿悟，为她的华颜平添了一抹圣洁，那些王侯、元老一见之下，惊为天人，目瞪口呆。半晌，才有人迸出一声感叹："天啊，为了这样一位永生的女神，特洛伊人和希腊人再打上十年也值！"

二十世纪的绝唱

风

林徽因星临大野的美丽，离不开徐志摩的折射——

徐志摩以浪漫的诗情著名，而林徽因，则是他以全部心血，乃至三十六岁的激情生命，创造出的最最空灵隽永的一首小令。古人有言："所谓美人者，以花为貌，以鸟为声，以月为神，以柳为态，以玉为骨，以冰雪为肤，以秋水为姿，以诗词为心，以翰墨为香……"天哪，这样的美人胚，恐怕连上帝也难以塑造，然而，我们在徐志摩的瞳仁，在康桥的云影，在夜海的波心，却分明看到了她的倩影。

林徽因超凡入幻的美丽，也离不开金岳霖的烘托——

徐志摩坠机罹难，林徽因的梦幻股指应声跌去一半。好在，还有金岳霖继续托盘。金没有诗才，但有诗心、诗格、诗品。徐志摩的猝然缺席，给了他追求"东方维纳斯"的机会。林徽因永远失去志摩，是以也格外珍惜这份迟来的爱。"月明林下美人来"，老金扮演的是后来居上，伊人已经芳心摇曳，情迷意乱，梁思成也已准备拔脚爱河，跃身奈河。节骨眼上，他却宣布退出竞争；不是缺乏勇气，而是出于一份唯美的理智：他自觉梁之爱林，彻入骨髓，而他的爱，仅仅深及肺腑。

从此，他就成了名副其实的护花使者。林徽因走到哪里，他就跟到哪里。不即不离，若父若兄，终身不娶，心无旁骛。他布道的是维多利亚时代的美学。他是"雪满山中"拥被独卧的"高士"。他是天使。

林徽因夺神炫目的美丽，当然更脱不开梁思成的辉映——

梁思成给了她煊赫的背景，恰似星子高悬在黑天鹅绒的夜幕；梁思成给了她纯真而圆融的爱，宛然轻舟系泊在宁静的港湾；梁思成给了她宽阔而高雅的舞台，犹如春燕剪影在透明的蓝天。梁公子的大度令世人肃然起敬——爱和被爱，任凭伊人自由；梁建筑师拐着一只跛足却健步如飞——是他给爱妻孱弱的身躯注入丰沛的活力，迎阳大笑有如"百层塔高耸"，有如"万千个风铃的转动，从每一层琉璃的檐边，摇上，云天"；梁教授夫妇的成就世所共仰——他俩携手让永恒的生命，铭刻在庄严的国徽与耸入云霄的人民英雄纪念碑。

花

陆小曼的绝代风华应是无可置疑——

老派的胡适推许她是旧北京"一道不可不看的风景";新潮的刘海粟称赞她"旧诗清新俏丽;文章蕴藉婉约;绘画颇见宋人院本的传统,是一代才女,旷世美人";郁达夫的夫人王映霞感慨她名不虚传,"确实是一代佳人","可以用'娇小玲珑'四个字概括";陆小曼的干女儿何灵琰,对她更是推崇备至,何说,"干娘是我这半生见过的女人中最美的一个","淡雅灵秀,若以花草拟之,便是空谷幽兰,正是一位绝世诗人心目中的绝世佳人";就连徐志摩的前妻——陆小曼的冤家对头(世俗眼里)张幼仪也坦率承认,她"的确长得很美,有一头柔柔的秀发,一对大大的媚眼"。

"一双眼也在说话,睛光里漾起,心泉的秘密",这是徐志摩的描绘。关于陆小曼的风姿,最有发言权的,自然要数这位硖石才子、天生情痴。诗人是在一次舞会上初见小曼,那时他舞累了斜靠在沙发打盹,大门启处,厅内突然分外亮堂,抬头,一片彤云飘过眼前。袅袅一姝,是娴雅?是窈窕?是典丽?脑海突然呈现空白,搜肠刮肚,难以为词,他"只觉得从来没见过这样美丽的女人,也不相信天下还可能有比这更美丽的女人"。

徐志摩对陆小曼一见倾心，随即把曾经投向林徽因的、没有着落的、磅礴热烈犹如熔岩喷发、焰火炸射的情感，一股脑儿转移到小曼身上。他对小曼表白："我没有别的办法，我就有爱；没有别的天才，就是爱；没有别的能力，只是爱"，"老师梁任公以前批评我的时候，我曾对他说：'我将于茫茫人海中访我惟一灵魂之伴侣，得之，我幸；不得，我命。'小曼，今天我得到了，我只要你，有你我就忘却一切，我什么也不想什么也不要了，因为我什么都有了"。

然而，面对陆小曼的传世照片，我却无法相信自己的眼睛——

它不是一张——一张可能走相，也不是两张、三张——年代久了偶尔也存在失真，它是十来张，二十来张，或许更多，分属于不同的历史时期，不同的生活侧面，我的眼珠在抗议：这哪里是什么绝世佳人？这哪里是什么迷人的风景？也就是中等姿色，小家碧玉，只能说马马虎虎，差强人意；拿它和同时期林徽因的玉照相比，简直是一个在天，一个在地。

呜呼，天何厚爱于林徽因，而薄情于陆小曼耶？乃至纯然客观的机械的相片，都不能恰到好处地感光、定影、写照、传神！

雪

张幼仪也是美丽的，而且美得健康，美得飒爽，美得持久，只是，御风而行、流星一闪的诗人无缘体认——

旅居伦敦的日子，徐志摩迷上了林徽因。诗人是那种夸父逐日的性格，他一旦迷上了谁，任是西天八骏也拉不回头。幼仪自然无能为力，她审时度势，当机立断。"好吧，摩，"她对丈夫说，"我不忍心看你受罪，也不愿意让自己变成讨人嫌的角色。假如可以使你得到幸福，我自愿做出牺牲。"

快刀斩乱麻，1922 年 3 月，德国柏林，张幼仪以有孕之身，同徐志摩协议拜拜。

据说，这是中国近代史上第一件文明形式的离婚。

张幼仪孤身一人陷身欧洲，不懂外文，身怀六甲，处境够悲惨的了吧。倘若换了林徽因、陆小曼，凭她俩那娇怯怯的弱躯，结局将不知如何收拾。幸亏，幼仪不仅体格健壮，神经也足够坚韧，她一边忙着生育、抚养次子彼得，一边入裴斯塔洛齐学院，专攻幼儿教育。

彼得不幸夭折，苦命人祸不单行。幼仪含悲忍泪，坚持完成学业。1926 年夏，她应徐志摩父母之请返回故国，暂住北京，次年移居上海，先是在东吴大学教授德文，而后涉足商界，出任上海女子商业储蓄银行副总裁，兼云裳服装公司总经理。

大约是 1927 年春天，胡适设家宴款待燕尔新婚的志摩和小曼，顺便请幼仪列席——不知这位哲学大师拨动的是哪一粒算盘珠？幼仪欣然前往，席间不卑不亢，落落大方，显示出磊落的胸襟和成熟的气度。

又二十年后，林徽因在北平病重住院。她怕自己不久于人世，便托人捎话给沪上的张幼仪，希望能见上一面。——这是她思虑周全，希望对当年闯入徐郎灵腑，造成徐张家庭破裂的内疚，做出宗教情怀的了结。幼仪携长子积锴赶往北平，会晤时，徽因已十分衰弱，只是卧在床上，定定地凝望幼仪母子，自始至终，没有说一句话。是无力说，也是不必说，当事人心有灵犀；幼仪从对方深情而略带歉意的眼神中捕捉到：她是爱徐志摩的。

张幼仪活了八十八岁，比起林徽因的五十零一，陆小曼的六十有二，算是笑到了最后。晚年，张幼仪在纽约接受侄孙女张邦梅的采访，把自己和徐志摩的悲欢聚散，云谲波诡，和盘托出，给后辈，也给逝去的岁月一个明确的交代。

月

张幼仪没有看走眼，林徽因委实是深爱她的摩的——

1931年11月19日，济南党家庄上空一声霹雳，噩耗传到北平，林徽因三魂失了二魂。她为徐志摩精心制作了一只希腊风格的花圈，交由梁思成带去飞机失事现场——这事犹在情理之中；接下来的举动，就要令世人瞠目结舌了：她让丈夫从现场捡回一小块飞机残骸，并且把它悬挂在卧室的床头，直到去世！

据说，那是一块焦木（早期的飞机有些部分是木制的）——它见证了生的高蹈和死的决绝；此木曾是彼树，彼树曾覆绿荫，曾邀鸣蝉曾凝风露，曾映繁花曾梳云影，曾笑看夏日流萤冬日雪花，也曾悲吟"春色三分，二分尘土，一分流水"，不，是"三分春色二分愁，更一分风雨"。

噩耗同时击倒了在上海的陆小曼——

棒喝是什么？痛心疾首是什么？悔不当初是什么？生不如死、死不复生是什么？多少前尘成噩梦，万千别恨向谁言？小曼不比徽因，犹能博得世人的同情，她被视为诗人疲于生计、南北奔波而终遭不测的罪魁祸首——曾经的纸醉金迷，曾经的荒唐任性，顿时成为社会攻击的靶心。

　　对此，小曼不辩白，不解释；她从此不着艳服，不宴宾客，不涉娱乐场所；闭门思过，潜心编辑《志摩全集》；卧室挂着徐志摩的大幅遗像，一年四季，供放鲜花；案头压着白居易的长恨词，"天长地久有时尽，此恨绵绵无绝期"。

　　死难再次把张幼仪从幕后推到台前——

　　幼仪虽然和志摩离异，但她离婚未离家，仍然是志摩独子的监护人，是昔日公婆的"义女"，兼且，她拥有一份独立自主的尊严和善待众生的大爱。志摩去后，幼仪一如既往地开拓事业，培养儿子，侍奉诗人父母，关怀包括小曼在内的所有志摩的亲朋；她还请梁实秋出面，主编、出版了一套台湾版的《徐志摩全集》。

　　晚年，张幼仪告诉她的侄孙女，回顾既往，如果说曾经有恨，她恨的不是陆小曼，而是林徽因；原因不在于林拆散了他们夫妻，而在于林既答应了志摩，又闪了志摩，弄得他进退维谷，身心交瘁——用今人的话来说，就是找不着北。幼仪在被遗弃之后，仍然设身处地为负心郎着想，痴情若此，天下能有几人？事情也许正像她自己说的，在徐志摩"一辈子遇到的几个女人里面，说不定我最爱他"。

乾坤一掷

一

爱德华八世和大英帝国首相做最后的摊牌——作为震惊世界的一幕，我们谁都没有亲见，但谁都可以自由想象：

"我一定要娶沃莉斯·辛普森为妻，我以国王的尊严发誓。"爱德华八世高傲地昂起头。

"陛下，我很遗憾地告诉您，我本人和政府都不会同意；而且，如果事情果真演变成那样，教皇也会拒绝给您加冕。"首相寸步不让。

"难道我一个堂堂的君主，竟无权挑选自己的终身伴侣？"爱德华八世痛苦地绞着双手，眉峰紧锁。

"也可以这么说，陛下。"首相回答得彬彬有礼，"因为您挑选的不仅是妻子，同时也是帝国的女王；从这一点看，您并不享有绝对的权力，您需要倾听人民的声音。"

"可是，"爱德华八世满怀激愤，"我只听到内阁的声音。"

"陛下，别忘了内阁是人民选出来的。"首相依然不愠不火。

"我要和沃莉斯结婚，这是我的职责；您明白吗，职责！"爱德华八世说到这儿，嗓音尖锐得怕人，"我真不明白内阁是怎么想的，要知道，这一点也不影响我把国王的职责完成得更好。"

"这事不能两全，"首相表现出他一贯的冷静，"您不能既娶沃莉斯，又照旧当国王。"

喔，这就像我们中国人形容的，眼前只有华山一条道，或者为心爱的女子放弃王位，或者为王位放弃心爱的女子，二者必居其一。爱德华沉默不语，他在谛听，谛听帝国混浊的喘息；他在把握，把握自己和王朝的命运。终于，他想通了，他释然了，他决定了：爱就爱他个轰轰烈烈，爱就爱他个惊天动地！

爱德华八世转而面对首相，神色凛然，他说：

"好吧，我先跟沃莉斯结婚，然后宣布退位。"

二

爱情需要神话，天下的痴男怨女需要神话，生生不息、万古长存的宇宙需要神话，爱德华八世创造了它。

他为爱癫狂。

沃莉斯是绝代佳人吗？不。沃莉斯是妙龄少女吗？不。沃莉斯富可敌国吗？不。

爱情没有道理可言。情人眼里有日月，情人怀里有江山。爱德华是抛弃一个王国，而进入另一个王国，她就是国，她就是王。

爱德华向民众告别时坦承："没有我所爱的那个女人的帮助和支持，我难以胜任肩负的重担。"

爱德华敞开双臂拥抱沃莉斯："我的朋友，与你在一起，远胜于拥有王冠、权杖和王位。"

三

沃莉斯啊沃莉斯，你来自美利坚，头一条就挫伤了大英帝国民众的感情；何况你年届四十，相貌平平，而且有过两次婚姻。这后一条更犯了王室的大忌——王室需要的是白璧无瑕的安琪儿，是供人膜拜供人欢呼的偶像。

王室拒绝野花，不容鱼目搀进珍珠。

沃莉斯啊沃莉斯，偏偏就是你这样的灰姑娘——唉，连姑娘也算不上——迷倒了爱德华，先前的威尔士亲王，如今的一国之主！你是否从维纳斯那儿窃来了腰带？你是否从丘比特那儿借来了金箭？你是否请莎士比亚帮忙写的情书？爱情不像生意，斤两悉称，锱铢必较。爱情不惟是金童配玉女，罗密欧配朱丽叶。爱情是心灵与心灵的契合，爱情是把两颗心燃烧熔化塑形为一颗心。

沃莉斯也曾反躬自问，她说："唯一能说明王子对我的迷恋，也许在于我那美国人的独立精神，我那开门见山的直率，我那挥洒自如的幽默，以及对他本人和与他有关的每一件事的乐观、自信……王子无疑是天下最孤独的，我最先深入探测他的内心。"

得了，有这几条就足够。上帝造人，把一个完美的整体一分为二，从此这一半就忙着找那一半，那一半就忙着找这一半，千山万水，千波万折，千难万险。国王是特例，国王的那一半自然也是特例。一旦找到了就千欢万喜，千秋独步，即使把王冠当球踢也在所不惜。

曾怪：爱德华不是恺撒，不能随意修改法律，使自己同心上人顺利结合；爱德华不是拿破仑，不能从教皇手里夺过王冠，自行加冕。

爱德华啊爱德华，爱情不惟进项，还有奉献；爱情不惟欢乐，还有责任。沃莉斯已经发誓和您终生相守，沃莉斯已经果断和前夫离婚，那一半失落您就永远失落，那一半痛苦您就永远痛苦。独立苍茫卿怜我，顾影徘徊我怜卿。矢在弦上，不得不发。拔剑在手，寒光闪烁。

有谁参悟过那乾坤一掷的决绝？有谁聆听过那王冠落地的脆响？

四

玛丽王太后气坏了。她不能想象寄予厚望的长子竟为了一个妇人放弃江山，正如不能想象一抔黄土胜过黄金；自从爱德华逊位，她力主把他驱逐出境，眼不瞅心不烦，终生不与之见面。

乔治六世也气坏了。他是爱德华的弟弟，因为兄长的引退，他才意外得到王位。按理，他应该对爱德华客气一点吧。哦，不，你这是常人思维。他痛恨兄长的自暴自弃，率意而行，上负列祖列宗，下愧黎民百姓。因此，乔治六世即位，仅仅给予爱德华一个低得不能再低的封号："温莎公爵"；至于沃莉斯，则不理不睬，视若平民。

乔治六世的妻子伊丽莎白，对温莎公爵夫妇更是恨之入骨。她诅咒沃莉斯"贱得不能再贱，是个十足的荡妇"；而爱德华，不但是王室败类，国家叛徒，更是丈夫的克星——她把乔治六世后来的英年早逝，也一股脑儿推到温莎公爵头上，认为正是由于他的不作为，不担当，才导致素无准备的夫君仓促接班，乃至不胜重压，积劳成疾。

呜呼，爱德华的离经叛道，在他和家人之间打了一个死结，日月昭昭，此恨绵绵，纵然请来亚历山大，恐怕也不能一剑将它劈开。

五

如今，当事人纷纷死去，权杖不能驻颜，江山不能留命。唯有爱德华栽下的爱情之树，干云蔽日，苍翠欲滴。

斜刺里泼来污水。

外电："爱江山更爱美人的爱德华八世，被怀疑是德国间谍，他曾在二战期间与希特勒见面，沃莉斯也与德国人有交往。"

又外电："沃莉斯乃同性恋兼色情狂；是纳粹德国或苏联发展的特务；她曾专门在香港的妓院学习性技巧，是德国外交部长里宾特洛甫的情妇，还和齐亚诺（后来成为墨索里尼的女婿）生过一个孩子。"

又外电："温莎公爵夫妇的关系中不包括性，沃莉斯实际上是一个男妖。"

天晓得还会蹦出什么天方奇谭！

六

别担心越泼越脏，越描越黑。不会的，爱德华八世的风流倜傥已经脱离他本身而去，抽象为一则爱情经典。世人定格他抛却江山抛却枷锁抛却宿命，世人淡漠他被攻击被曲解被诬蔑，谁在乎那些屁事！只要他的传奇在，只要他的象征在，恋爱中的人就有了燃火有了航向有了依托。恋人们心宽如大西洋，恋人们心稳如奥林匹斯山。恋爱者永远不会下台，恋爱亦如登基，方才还是布衣，转眼便已黄袍加身，凤冠霞帔。

让我们读一则网上最新消息："爱德华八世的遗物在意大利罗马拍卖，其中，他写给沃莉斯的 14 封情书，被一位顾客用将近两万美元的高价买走。"

这位顾客买走的岂是情书，它是用一顶王冠、一个时代诠释的潇洒和浪漫。

大气磅礴的舞魂

一、伊莎多拉·邓肯

"我听见美国在歌唱，我听见各种各样的歌……"这是诗人惠特曼的感悟，伊莎多拉·邓肯从中受到激励，当她在舞台起舞，仿佛"看见美国在舞蹈，高踢的一条腿掠过洛基山的峰峦，展开的双臂伸向大西洋和太平洋，美丽的头颅耸入云霄，戴着缀满星辰的皇冠"。

美，源于观察，源于自然和社会的启迪。邓肯生长海边，她叙说自己幼年的舞蹈概念，就是得自海浪的奔腾起伏。稍长，云卷云舒，花开花谢，鸟飞鸟翔，都汇入了她的艺术视野。那年初闯巴黎，她天天去卢浮宫，一待就是几个小时，她那喷射着饥火的饕餮目光，让管理员起了疑心，她只好比划着跟人家解释，我别无他意，请原谅，我是研究舞蹈的。初次访问佛罗伦萨，她花了几个星期逛美术馆；在波提切利的油画《春》前，她干脆坐定不走，直到自己也融进画面，化作一朵随风绽放的鲜花。初次游览雅典，迫不及待想朝拜的，是巍峨庄严的神庙，当她拾级而上，站在圣殿前的一刻，她形容自己：

"感觉生命像衣服从身上一件件剥离，仿佛魂游地府，经过漫长的屏息敛气，重新获得生命，睁眼打量这个陌生而又圣洁的世界。"

这些都属于形象思维的互借，触类旁通，心领神会，亦如她从贝多芬分享雄浑的旋律，从罗丹分享雕塑的神韵。让我深感意外的是，她还善于从哲学汲取营养。她说，曾经有一段，"每次，结束了令观众欣喜若狂的演出，回到家里，我就会换上白色舞衣，冲一杯牛奶放在桌旁，仔细阅读康德的《纯粹理性批判》"。而过了一段日子，她又迷上叔本华和尼采，她说，"第一次阅读叔本华，就为他揭示的音乐和意志的关系深深折服。这种德国人所说的神圣思想，好像把自己带进了一个超凡入神的世界。"而尼采，她认为正是他"孕育了舞蹈的伟大精神"，他是"世界上第一位舞蹈哲学家"。

爱情和艺术，是构成邓肯生命的两大元素。她坦承自己曾陷溺于爱欲，"若有人指责我，"她说，"就请先指责造化或上帝吧，是他们把这一时刻设置得比其他任何经历都要妙不可言"。但在实践中，"因为艺术要求苛刻，要求毫无保留地奉献一切。而女人一旦陷身热烈的爱，就会心甘情愿地放弃其他一切"。既然鱼与熊掌不可兼得，那么，经过痛苦抉择，她只好放弃爱情，"把整个生命都献给缪斯"。

伊莎多拉·邓肯没有读过几天小学，也没有经过专业培训，就舞蹈来说，是百分百的无师之徒。她敏于时代感应，具有天生的创新精神，她大胆突破芭蕾舞的矫揉僵硬，创造出自由奔放的现代舞。她把这比喻为一场革命，既是艺术的，也是性别与人性的解放；她的崇高理想，就是用自己的形体语言，复活惠特曼的美利坚！亚伯拉罕·林肯的美利坚！

二、海伦·凯勒

摊在我案头的这篇邓肯传记，题目叫《爱与自由》，它与海伦·凯勒的《假如给我三天光明》、居里夫人的《我的内心独白》，合并为一本专集，总的名称叫《最伟大的三大女性自传》。

我按编辑次序首先读完海伦，内心受到强烈的震撼。海伦的印象如刀镌斧刻：她一岁半失明，兼且失聪，看不见，听不见，当然也不会讲话。按常理判断，完全是一个废人。但是，在莎莉文小姐的天才调教下，她不仅学会了骑马、骑车、下棋、游泳、划船，学会了讲话、讲演、戏剧表演，还掌握了英、法、德、拉丁、希腊等五种语言！（亲爱的读者，你掌握了几种？）想想就叫人头晕。

你难以想象她是如何克服困难的。譬如说学习讲话，学话先要学发音，26个字母，从 A 开始，一般幼儿是跟着大人，张口即来，牙牙学语，她呢，因为听觉、视觉失灵，只能靠触觉，她用手指摸索老师的喉咙与嘴唇，感受发音器官的微妙运动，然后做想当然的模仿。盲人摸象，难免差之毫厘，失之千里。失之千里怎么办？再摸，再模仿，翻来覆去，经天累月。直到口舌生茧。直到中规中矩，合辙合韵。

我们常说"功到自然成"，除了吃苦、流汗、熬夜，是否有谁想过牵着骆驼穿针眼？这句例出耶稣的比喻，原意是不可能，海伦·凯勒凭其超人的意志，硬是把不可能变成了可能：她不仅学会讲话，学会听话（把手放在别人的唇上），学会听琴（把手搁在琴弦），还磨练出一手好文章，其构思的精巧，感觉的灵动，词句的优美，令不少专业作家相形见绌，自愧弗如。为此还闹出误会，她的第一篇文章，因为太超常了，太不可思议了，世人啧啧称羡之余，谁都不相信这是出自一个双料残疾人之手。尽管有了解她的马克·吐温出面作证，还是驱散不了狐疑。好在海伦新作源源不断，每一篇都石破天惊，不同凡响，终于以响当当的实力，令世人刮目相看。

海伦一生共出版十四部专著，她的作品被译成五十多国文字，风靡世界。好莱坞把她的事迹搬上银幕，邀她担任主演。哈佛大学赠予她名誉学位。美国政府认可她是全美最杰出的三十位人才之一，由总统亲自颁发"自由奖"。联合国发起"海伦·凯勒运动"，旨在帮助世界各地的聋盲儿童。美国海外盲人基金会颁发"国际海伦·凯勒奖金"，用以开拓、健全盲人的公共事业。

马克·吐温一直关注海伦的成长，他说，19世纪有两个奇人，一个是拿破仑，另一个就是海伦·凯勒。

读罢海伦·凯勒传记，不由你不拍案惊奇！不由你不血脉偾张！然而，掩卷回味，我并没有感从中来，思如泉涌，把她写进我的散文——这年头写作愈来愈难，好的构思都叫旁人穷尽，有时煞费心机也捕捉不到一个鲜明而独特的意象。直到接下去读了邓肯，读到她的"美国在舞蹈"，这才眼前一亮，恍悟我们伟大的海伦，也是一个把飘逸的舞姿印在蓝天的精灵。

那样的霓姿虹影不是谁都能够创造，但却是人人得而仰观，得而神往。

三、玛丽·居里

最后阅读的，是居里夫人的独白，由于有了邓肯和海伦的先入之见，我的耳畔，始终飘荡着舞蹈的旋律。

老实说，玛丽·居里这样的女性，纯粹是为了科学来到人世的；不到二十岁，她就确认了人生的大目标："我是谁？我在这儿做什么？"她不断提醒自己，无论如何，一定要"成为一个重要人物"！

玛丽·居里出生在波兰华沙，十六岁中学毕业，当了七年家庭教师，二十四岁，怀揣微薄的积蓄，前往法国巴黎闯荡。然后就一直在那儿读书、结婚、生子、从事科研，直到功成名就，蜚声世界。

巴黎是一个五光十色的旋涡，崇尚唯美，沉湎交际，其色彩定格，就像雷阿诺的《红磨坊的舞会》。玛丽·居里不属于巴黎的舞榭歌台，她在那儿度过了两个"伟大突出而勇敢无畏的时期"，每个时段都长达四年：一是作为穷苦的留学生，租住在一间狭小而寒冷的阁楼，尽情遨游知识海洋；一是和丈夫皮埃尔·居里携手，利用一间废弃的工棚，完成当时世界上最伟大的实验：从沥青铀矿提炼钋和镭。关于这间工棚，他们的女儿艾芙记忆尤深，她说："这棚屋只有一个好处，它是那么破旧，那么不引人注意，因此，不会有人想到不许他们自由使用。"居里夫人对那段日子也刻骨铭心，她写道，"最辛苦的莫过于从沥青铀矿提炼镭，我不得不抱着和我体重不相上下、与我身高相仿的大铁棒，不停地搅拌沸腾的铀矿。一天下来，不等工作结束，我就累得瘫倒，一动也不想动。"

曾几何时，诺贝尔奖代表至高无上，谁有幸获得一次，他（她）就攀上荣誉的巅峰，而居里夫人，先后获得两次，她是如何看待这一殊荣的呢？作为自白，她不会渲染自己的高尚与自持——譬如把奖金赠送给科研事业和客居的法国，把奖章送给小女儿作玩具——她只是委婉表示，出名之后，最害怕的就是记者的采访，"虽然他们并无恶意，出发点都是好的"，但是，毕竟影响了工作。具体到荣誉，她特意强调：我和皮埃尔奉行相同的行为标准，我们都没有接受任何荣誉的欲望。曾经有人提议授予皮埃尔荣誉勋章，他拒绝了。1910 年，又有人提议将此勋章送给居里夫人，内务部也三番五次地劝告，希望她能接受。她不想违背皮埃尔的处事标准，也断然拒绝。

爱因斯坦说："居里夫人是唯一没有被荣誉腐蚀的人，她的品德力量和热忱，哪怕只有一小部分存在于欧洲的知识分子中间，欧洲就会面临一个光明的未来。"

啊，把这样一位天使级的科学家比作舞者，是否是一种亵渎？不，凡天使都是舞者，都是上帝沙龙的嘉宾。而伟大的生命降临尘世，他们的所作所为，极而言之，莫不是引导世人摆脱尘网的束缚，努力提高，升华，飞舞，向着辉煌的天国……

美色有翅

说到美女，心弦铮地弹出"四大美人"，犹如说到跨栏，眼底刷地闪过刘翔，没有联想，没有转换，纯粹下意识地，近乎本能，这就是品牌效应。

四大美人，西施排名第一，美人中的美人。这位置不是随便排的，它跟知名度直接挂钩。比较起其他三位"同美"，西施的名头更为响亮。首先，她参与并间接转化了惊天地泣鬼神的吴越之战，属于曲线救国的英雄；其次，引导时尚潮流，有"西子捧心""东施效颦"等系列佳话风行华夏，身后还衍生出了"情人眼里出西施"、"西子湖"、《浣溪沙》、"西施舌"等俗语和品牌；再次，结局或说被勾践沉江，以绝"艳"患，或说假戏真做，爱上了吴王夫差，或说偕范蠡远走高飞，泛舟五湖……总之扑朔迷离，众说纷纭。美学家有言，大美之道，在于神秘莫测，在于令人震颤，在于撩人遐思。西施三者兼备，自然穷妍极妙，美不胜收。

放眼西方美女，够得上咱们西施级别的大姐大，首推古希腊的海伦。海伦你不会不知道，她是特洛伊之战的导火索，荷马史诗《伊利亚特》的女主角，也是绝代佳人的代名词——只不过，关于这位女士，我另有专文详叙，此处姑且从略。海伦而外，与西施有得一争的，应数古埃及的克莉奥佩特拉——谁？不熟悉，似乎没听说过——啊，噢，就是那个俗称"埃及艳后"的，这下明白了吧。她是托勒密王朝的末代女王，曾凭借琼姿和胆识，不仅在内忧外患前稳定江山社稷，而且让罗马帝国的两位巨头，恺撒与安东尼，先后拜倒在她的石榴裙下。

莎士比亚先生是埃及女王的追星族，在其诗剧《安东尼与克莉奥佩特拉》中，他形容女王坐船去小亚细亚，"金质船尾楼，熠熠闪光，紫色帆万里飘香，风，害了相思病，把香帆紧紧依傍"；而当女王离舟登岸，罗马大将安东尼如痴如醉，欣喜若狂，他"独自一个坐在广场，神气活现，对着空气吹口哨，可惜周围真空一片，因为空气也涌出去了，想把埃及女王多看几眼"。连风和空气都围着美人儿转，这比喻，堪称和"沉鱼落雁、闭月羞花"异曲同工。

我之心仪克莉奥佩特拉，却是由于帕斯卡先生的调侃。后者曾在《思想录》中断言："要是克莉奥佩特拉的鼻子长得稍微短一点，整个世界的面貌就会改变。"若干年前偶尔浏览，至今仍意象鲜活，铭刻不忘。甭管作者本意如何，他实际上是做了一个精彩绝伦的广告。

美色本身就是广告。美女有价，价值连城，朱唇一启，家喻户晓。犹如莫文蔚之为摩凡陀，巩俐之为肖邦表，林心如之为隐形眼镜，张曼玉之为铂金饰品。所谓"美女经济"，实即"姿"本主义，说白了就是借助美人的风采，争夺消费者的眼球。

突然想到好莱坞。那是一个梦幻工厂，擅长包装美女。这话题要是打开，一时半晌扯不完。姑且玩味玩味众位影星的芳名吧。譬如奥黛丽·赫本、费·雯丽、伊丽莎白·泰勒、格蕾丝·凯丽、英格丽·褒曼、玛丽莲·梦露、丽塔·海华斯、葛丽泰·嘉宝、索菲亚·罗兰、朱丽娅·罗伯茨，等等。你发现吗？第一时间浮上脑海的上述影星，除了索菲亚·罗兰，每人的名字都嵌有一个"丽"，美丽的丽，佳丽的丽，好莱坞星光大道，袅袅娜娜丽人行。我敢打赌，纵然你没看过她们的演出，光是咂摸译名（真得感谢翻译家的匠心），也管保齿颊生香，心爽神怡。

尤其是玛丽莲·梦露。评论家怎么说？性感明星？妖冶女郎？金发魔女？直。浅。陋。哪里比得上她的名儿传神："玛丽莲·梦露"，拢共不过五个字，又是娉婷映水的红莲，又是如烟似梦的波光，又是随风摇曳的露珠！大幕未启，海报初贴，艺名乍现，一代优伶的星光与命运，便已跃然纸上，呼之欲出。

美色有翅，不愁无人给她做广告。战国年间，宋玉先生作《神女赋》，虽然纯属向壁虚构，却是东方美人的第一篇形象宣言。尔后西汉司马相如先生作《美人赋》，三国曹植先生作《洛神赋》，也都是以美人的艳色为焦点，一篇比一篇铺张，一篇比一篇华丽。毕竟是文言文，三位先生笔下的美女，古人看起来过瘾，今人看起来头疼。像什么"其象无双，其美无极。毛嫱鄣袂，不足程式；西施掩面，比之无色"，"云发丰艳，蛾眉皓齿。颜盛色茂，景曜光起"，"翩若惊鸿，婉若游龙。荣曜秋菊，华茂春松"。干脆翻译成白话文呢，又失去文言特具的神韵，更加索然无味。是不是全部这样？不，古人笔下的美女简报，也有明白如话，根本用不着翻译的，如宋玉先生的《登徒子好色赋》。宋玉先生塑造了一位天生尤物，伊人也，"增之一分则太长，减之一分则太短；著粉则太白，施朱则太赤。眉如翠羽，肌如白雪，腰如束素，齿如含贝。嫣然一笑，惑阳城，迷下蔡"。如此通俗易懂，超凡绝妙，我见犹怜，恨不相逢，端的是颠倒众生的千古名句。

　　非是厚古薄今，翻遍手头资料，为美女而作的形象宣传，最出色的，还数西汉宫廷乐师李延年的《倾城倾国》。你也不知道李延年？那么，你总知道《十面埋伏》吧。对，就是张艺谋张大腕执导的影片。片子的主题歌，便是借用李先生的原创。歌词说："北方有佳人，绝世而独立。一顾倾人城，再顾倾人国。宁不知倾城与倾国？佳人难再得！"哇，李乐师啊，简直把心目中的美人儿捧上了天。据说汉武帝刘彻就是根据这首歌词，按图索骥，一举挖掘出隐身幕后的美人。此姝不是别个，正是李乐师的胞妹！谜底揭开，刘彻先生立马把她召进宫，惊为仙子，封作贵妃。多深的心机！又是多么出色的推销！难怪紫夫先生感叹："李先生的歌，堪称中国广告业里最经典的广告词，而那次演唱，更是最最经典的广告策划。"

风中的杰奎琳

　　客居纽约。主人的书房临时变作我的卧室。四壁琳琅着图片和艺术品。有一幅铅笔速写，是主人的手绘，画的是北京大学的未名湖，线条极幼稚，他是学生化的，于美术并不在行。只是，根总归不能舍弃，那一份痴恋，年代愈远，距离愈遥，便显得愈虔诚，愈顽强。书案正中立着一帧黑白照片，因其色彩的过时，又因其位置的显赫，引起我的注意。那是一位行走中的白人女子，着紧身针织毛衣，牛仔裤，侧脸向镜头凝视，短发被风吹散，蛾眉作惊讶式的上挑，双睛微微露出笑意，朱唇将启未启，似乎还没来得及做出完全反应。

　　这是谁？主人夫妇是我多年的熟人，这肯定不是他们家族的成员。也许是男主人新交的情侣？不可能，就算他入乡随俗，域外风流，也不会如此明目张胆。再说，都什么时代了，大纽约的靓女谁还会拍这种黑白照。从背景看，这是在长街，在熙来攘往的人行道，女子正兴冲冲地赶路，突然因为什么事掉转头来，秋波斜睨，漾出三分妩媚，二分顽皮，一分迷瞪。

是晚，我不管忙着什么，那年轻而洒脱的女子始终盯着我看。我向左，她的目光也迎向左；我向右，她的目光也迎向右；我站立不动，她的目光也就在我鼻尖定格，仿佛说，看你还往哪儿逃；直待熄了灯，钻进被

在纽约朋友处

窝，那一头漫空飘扬的乱发，那乱发丛中明亮的双眸，仍然忽悠在眼帘，又忽悠进梦乡。

翌晨，我问男主人："这是谁的相片？"

"你仔细看看，凭你的阅历，应该猜得出来。"主人一脸兴味。

"都猜了一晚了，"我老实承认，"猜不出。"

"这是杰奎琳，肯尼迪总统的遗孀，后来嫁给了希腊船

王。想起来了吧。记得 80 年代末在北京，在你位于马甸桥的家里，我们畅谈古今中外美人，你说美色犹如钢印，是独立于官爵和金钱之外的第三种权力，就是以她作的例。"

喔，经他一说，我才恍然大悟，杰奎琳，太熟悉了，太了解了，她应该是白宫女主人中最有风度的一位，曾长期引导美国的时尚潮流。我至少读过她的三本传记，外加数不清的报道。其中，有几个细节，性格鲜明，过目难忘。

细节之一：她四岁时跟奶妈和妹妹一起逛公园，因为贪玩，走着走着就走散了。警察看到她一人在四处乱逛，问她是不是迷了路。她脖子一挺，神气十足地回答："不，不是我迷了路，是奶妈和妹妹跑丢了，您赶快把她们找回来！"

细节之二：玛丽莲·梦露和肯尼迪偷情，她自仗名气冲天，星光逼人，居然直接给杰奎琳打电话，说自己将取代她而成为总统夫人。杰奎琳非但不怒，反而哈哈一乐，说："那太好了！你打算什么时候搬进白宫呀？我这就给你挪窝；今后所有压在第一夫人肩上的重担，就拜托你挑了。"

细节之三：1963 年年底，肯尼迪总统在出访途中被刺，倒在杰奎琳的怀里，脑浆和鲜血喷了她一身。一个半小时后，杰奎琳就穿着这身血衣，参加新总统约翰逊的宣誓就任仪式；她在国家的危难时刻，表现出了非凡的自制和惊人的镇定。

"这照片是在哪一年拍的？"我问。

"1971年。"

这么说，她已经四十出头。看起来依然年轻，往小里说，只像十七八，往大里说，也不过像二十五六。肯尼迪去世，杰奎琳一度陷入痛苦的深渊，为了摆脱美国政坛的纷争，以及肯尼迪家族厄运连绵的阴影，1968年，她三十九岁，打破美国总统遗孀不再嫁人的习俗，成为六十八岁的希腊船王奥纳西斯的新娘。这是备受攻击的一次婚姻，美国朝野诅咒她是委身于魔鬼，委身于空白支票。对此，杰奎琳不屑一顾，她随心所欲，我行我素，昂首迈步在欲望的峰巅，一任八面来风把她的秀发吹散，旋舞，纷披如乱麻，拂面似蛛网。

"这张照片，我是（19）91年来美国时，在房东的旧书堆里发现的。"主人细说家珍，"我一下子就喜欢上了它。你看她那勇往直前的神态，你看她那窈窕有致的曲线，多诱人。我给它加了个镜框，搁在桌上。久而久之，它已成了我生活的一部分。它代表一种气息，特清新，特高雅。

"事后我弄清了，这女子就是杰奎琳。这是张很著名的照片，关于它的拍摄，有个动人的故事。说的是一个初出茅庐的摄影师，叫盖勒拉，一天，他在纽约中央公园门口转悠，突然发现了杰奎琳，她就是这样一身休闲的打扮，摘了墨镜，素面朝天，旁若无人地穿行在闹市。这可是天上掉下来的好题材，须知，纽约有多少摄影师日夜守候在杰奎琳寓所的周围，等闲也难得一见她的面；更不要说这种质朴明净、活力四射的形象！机不可失，时不再来，盖勒拉叫了一辆出租车，紧随其后。在一处十字路口，赶上了杰奎琳，他放下车窗，按动快门。听得身边'咔嚓'一响，杰奎琳本能地侧过了头，扑闪着双眸，嫣然含笑，就在她还没有明白真相之际，盖勒拉再次按下了快门。

　　"这张照片，成了盖勒拉的成名作——如今他在摄影界可是大名鼎鼎——那天他尾随杰奎琳，一直到她的寓所。杰奎琳整天被人跟踪，早已不胜其烦，在台阶上，她扭过头来，强压怒火，冲着盖勒拉说：'你这样做，想必很开心吧？''当然，喔，谢谢！谢谢！'盖勒拉不失礼貌地回答；他成功了，他抓住了稍纵即逝的机遇，自然激动万分。盖勒拉飞快返回家，躲进暗房，把胶卷冲洗出来。不用说，他最满意的，就是这一张了。照片犹如文章，需要一个画龙点睛、引人遐想的名字，盖勒拉琢磨了很久，最后定为：'风中的杰奎琳'。"

少女的美名像风

　　说到街心公园、小镇，你不会怦然心动。告诉你小镇位于万山环抱，是吗，这你就要考虑考虑，看看究竟是什么性质的山，什么性质的镇。再告诉你万山丛中的小镇行将迎来建镇八百周年，啊，啊，这下你来了精神，在哪儿？在哪儿？八百周年，小镇，够沧桑！够经典！这种大特写，美国没有，欧洲稀缺，即使在咱华夏，在历史感如黄土高原沉积、如寿星老儿额头皱纹堆积的华夏，也是屈指可数，可遇而不可求。人间胜境，盛会华典，缘不可错，机不再来！假若你有探幽访胜癖加写作癖，如我，相信你马上就会找出旅游地图，在大致的目标方位圈圈点点，然后拟定路线，联络文友，准备不日登程。

　　但是有人比你捷足先登。谁？京城的一位工艺美术大师。大师应古镇之邀，前去帮他们建一座雕塑。关于雕塑的设想，古镇方面说了，但说得极其形而上。他们提出：既要能反映古镇人世世代代美好的愿望，也要能象征古镇今日朝气蓬勃的青春。

大师毕竟是大师，他经过深入采访，反复论证，很快就贴近镇人的脉搏。作为地点，他选择了街心公园；作为构图，他设计好一位少女。注意，不是那种高鼻深目、丰乳肥臀的西洋造型，也不是那种蛾眉樱唇、娇小玲珑的古典闺秀，而是一位要多健美有多健美、要多清新有多清新的村姑。这姑娘就地取材，不，我是说这模特儿就地取材，大师那天去仙霞岭采风，他一眼就看中了在悬崖采药的少女。这女子十六七岁，长得端庄而大方，山月和山花的色彩，山岩和山泉的线条，都在她的身上得到完美的体现。塑像完工的时候，镇领导的啧啧赞叹，让塑像原本青春的脸庞更加青春，原本动人的身姿更加动人。他们说，想不到山洼洼里还有这等标致的女子。他们又说，她是月神，她是百合花，她是巩俐她妹，她是……她还是什么？可叹他们想象贫乏，语汇短缺，挑不出更多的形容词。末了，唯有耸肩摇头，张口结舌。

古镇欢度八百周年诞辰，会场别无选择地设在了街心公园。庆典的重头戏之一，就是塑像揭幕。那天，四乡八镇的百姓都赶来看热闹。出席典礼的，还有地区与省城的头头脑脑，以及京城方面的公众人物。这些公众人物，说出来都大名鼎鼎，哪儿有他们的身影，哪儿注定就蓬荜生辉，阳光灿烂。然而，这次他们却集体领教了啥叫冷落。不是主人招待不周，而是少女的光芒太耀眼。少女作为嘉宾列席，一举一动都牵引着观众的视线，学生娃子争着请她签名，上年纪的含笑邀她合影，更有一拨远道而来的商人，以他们猎犬一样的果断进击，纷纷亮出高价，引诱少女走出穷乡，到山外去征服更多的人心。

少女的机缘来了。站在大理石砌就的台阶上，万紫千红在对她微笑，她也微笑凝视那万紫千红。人说，女儿的青春如花，美貌如花，命运也如花。人说，花季之后紧跟着是雨季。而今，花开了，雨也来了，透明而又凉爽，淅淅沥沥，是甘霖。她，理应仰脸承接。塑像是广告，商人是顾客。塑像是通行证，商人是桥。既然你已勇敢地迈出了第一步，就不妨把道路向前延伸。成功就是把一做成二，把茧抽成丝，大成功就是大抽丝，无限成功就是无限抽丝。面对新的诱惑，少女表现出了传统的矜持，以及戒备。她是担心，万一遇上陷阱，不可测不可抗的陷阱。再说，祖宗也没有赋予她一而再再而三的冲动。唉，她是光开花，没坐果，空有机会，没有良缘。于是，庆典结束，华丽谢幕，少女仍旧回到她的山村，守着从前的模式过活。

从前却再也回不来了。塑像立在了街心，也立在了世人的心上。少女的美名像风，迅速刮遍远近。刮得青山更翠，刮得樱桃更红，刮得泉水更清。然而，风刮大了，果实就会摇落，刮得久了，鸟儿也会感冒。待最初的一阵兴奋退潮，冷淡就应运而生。冷淡是冷漠的姐妹，冷漠又和反感结邻。反感出场，正戏就开始反唱。先是，邻家的妹子说少女根本就没有那么漂亮，是她疏通了雕塑家，雕塑家便不负责任地把她美化。随后，一个追求她而不得的后生放言，雕塑家本来看中的是邻村的一个女子，是她拉拢了镇上的某要人，结果才变成"狸猫换太子"。再随后，各种流言蜚语，幕后新闻，犹如黄昏里的蝙蝠，在村庄上空肆意翻飞。

流言传到镇上，镇人也一改以往的艳羡，开始戏说她的"野史秘闻"。这中间绝对没有鸿沟，也不存在几多恶意。他们只是在茶余酒后，拿她来润润嗓子，濡濡肠胃。美丽如巩俐又怎样，辉煌如刘晓庆又怎样，在大报小报的娱乐版，还不是供人蜚短流长。

弄到后来，连最亲最近的家人，也对少女侧目而视。仿佛塑像的存在，不再是为古镇提供一种青春的焰火，希望的蓓蕾，文化的沉淀，美的旋律，而成了……成了他们万难承受的耻辱柱。

　　你可以想象，安宁、醇和的日子永远离少女而去。少女并不知道问题究竟出在哪里，只感到流言像一面巨大的磨盘，压得她终日抬不起头、直不起腰、喘不过气。以往单纯而又明净的女娃，敏捷似猿猴、勇猛似猎豹、热情似山鹊的女娃，日益变得沉默寡言，郁郁不乐。

　　辛巳年秋日，我跋山涉水来到这座古镇。我来迟了。盛筵已散，花事已残，少女的名字触舌不再芬芳。人告诉我，美貌非凡的少女不幸患了精神分裂，整天把自己关在屋里，拒见外人。也有人告诉我，不是那么回事，只不过少女感到在当地已难以生存，如今已躲去外省，在一个鲜为人知的小镇打工度日。

　　淡月下，我寻到那座街心公园。夜气如涸，风凉似水。少女扬起的手臂在设疑，像托着一个巨大的问号。恍然，环视曲径两侧，草坪凝露为霜，花朵没精打采，竹林收起生机，撒下一片迷茫。稀疏的灯火如惺忪睡眼，四周的屋宇耸成叠嶂，墙壁如悬崖，屋顶如山脊。而稍远，那些在黑暗中蹲伏的峰峦，冷冷，森森，和天空勾结成一体。更远，一列锯齿形的山梁后，隐隐，躲着几粒星子，探头探脑，仿佛在窥伺人间的动静。

断　虹

当一个人陷于烦躁困顿，最需要的，莫过于一帖安魂剂。它可以是一丝微笑，一脉眼神，一束穿云而射的阳光，一阵悄然而兴的清风，一段温暖肝肠的回忆，也可以是，就像眼前这样，一个突如其来的电话。——说这话时，我正驾车来到京沪高速河北段收费站，由于夜间大雾，前方封路，不得不尾在一望无尽的车队后苦捱苦等。可巧这时候，她的电话来了。

接听，满腔烦躁顿时一扫而光。这不是寻常的来电，我和她，屈指算来，已有三十六年没有见面。三十六年的暌违久隔，一万三千多张日历的空白和遗忘！紧急搜索，脑屏上闪现的仍是她十六七岁的模样：瓜子脸，细腰，配着一根古典的长辫。甚或更往前推：花衫，短裤，大眼，动不动嘟着樱桃小嘴，以谁见谁怜的稚态，黏在大孩子后面，一颠一颠。啊，那大孩子不是别个，就是我。

喜出望外，忙问："你这些年都在哪儿？"

她答:"客居旧金山。"

又问:"你这一会是在哪儿?"

答道:"在老家建湖。"

耳机那头传来熟悉的笑,——女人的笑声总是富有某种磁性。她说上月回国探亲,途中经过北京,曾通过我所供职的报社找我,遗憾的是我那天家里没人,手机也没开,错过了一次见面的机会。

"天意从来高难问。"莫名其妙地,我竟想到了天意。我告诉她:"你这电话来得正好,今年我们全家回江苏过春节,这会儿已在路上,今晚肯定到射阳,明天我去建湖看你。"

她犹豫了一下,说:"我是明天下午从上海飞旧金山,一早就得离开建湖。"等等又说:"你现在到了哪儿?河北青县。青县离盐城多远?八百公里。这样吧,咱们说好,晚上在盐城见。"

关掉手机,恰好高速公路开始放行,马达欢吟,加上"有客自远方来,不亦乐乎"的欢畅,禁不住陷入双倍的陶然,欣然,飘飘然。坐在一旁的老伴插话:"你这同学,以前怎么没听说过?"这当口有个老伴压阵,也是天意,免得我魂不守舍,忘情飙车。

我说："谈不上同学,她比我低四五级。"

她是比我低四五级,而且不是一个学校,而且也不是一个县。这么说,是想告诉你,这里没有什么青梅竹马。当然,有一段青梅竹马的纯情是幸福的,我老先生不怕承认这一点。可惜,我没有。我和她,只是在一个暑假里认识,那年我回建湖,回我父辈的祖籍,寄居在一位亲戚家里,她哩,恰好隔壁。那个暑假,我已念完高一,她才读罢小学五年级。我上有两个哥哥、两个姐姐,下有一个弟弟,就是没有妹妹,她正好补了这个千金难买的缺。于是,在那个金黄、浑朴的暑假里,在充满祖辈传说的河汊湖港,一个神气活现的大哥哥带着一个乖巧伶俐的小妹妹到处闲逛,这就是我关于那段岁月的远年印记。

镜头迅速切换到北大。"文化大革命"。举国大串联。大概是 1966 年的 10 月,她到北大找我。我记得清楚,她臂上没红卫兵袖章,在造反派麇集的校园显得异常另类。衣着也过于光鲜,即出格。辫子,倒是盘起来了,出门用一顶军帽压上。我领她看大字报,先是北大,继而清华,继而八大学院,继而扩展到北京市委、外交部、文化部。然后又陪她去了一趟颐和园。万寿山下,牌楼前,一个女人裹着当年十分稀罕的面纱拍照。我忍不住照空啐了一口,操着当年流行的革命腔，咒骂对方是"小资产阶级"！她拿眼角瞟了瞟我，没说话，走出老远还一再回头。

接下来是空白。空白。大段大段的空白。我和她，生命成了两条平行线，在任何一点上都没有相交。直到 80 年代的中期，我收到一册寄自香港的杂志。信封上没留地址，也没留姓名。翻检目录，查到她的一篇署名小说，演绎的是 30 年代一帮船夫的快意恩仇，背景为射阳河。

再后来又是空白。风筝断线，黄鹤渺邈。我相信我已经忘了她，如遗忘一朵昨日的小花。然而，手机一响，仅仅是几分钟前，她又轻而易举地闯入了我的生活。生命于是重新链接。回忆于是重新激活。首先浮上心头的，是我高一年级的作文本，上面圈有若干"传观"的字样，她那时是拿了去，一直未还，不知如今还有没有保存？接踵想到的是，从来没听说她有什么海外关系，怎么后来就去了香港？怎么而后又去了美国？

这些，电话里当然不宜问，且到晚上再说。

那一天，是 2003 年 1 月 25 日，天，始终阴沉着，是下雪的前兆。这不是杞人忧天，昨晚气象预报，就说新疆北部、内蒙古东部的暴风雪南移，日内将席卷华北。因此，关于今天是否按既定计划启程，一家五口至少有三个曾举棋不定。末了还是老伴一锤定音，她说："……等什么等，明天一早就走，趁这雪还没有下大，赶紧动身！"所以我们黎明即起，抢在雪花飘落之前，冲出北京，冲过天津，一路上紧赶慢赶，马不停蹄。虽然在河北青县收费站受到小小耽搁，毕竟只是一会儿工夫。现在好了，道路开阔，车流通畅，天光也仿佛受到感染，以一种大度而又雍容的清朗逐步淘汰朦胧。值此之际，老实说，即使没有她的电话，我也会开得飞快。间或超一超速，小小的违规。违规当然不好，可是我发现凡是够档够威的轿车，速度都在我之上。仗着大路朝天，一人半边，超速行驶，已成了高速公路的家常便饭。路旁倘若有执法如山、铁面无私的交警，保证一逮一个着。

傍晚驶入江苏，谢天谢地总算成功摆脱了暴风雪的追赶，却又遇上了劈头盖脸的大雨。雨啊雨，"天水空蒙，只将瞑织愁……"——记不清这是谁的句子，反正不是我的——难道这也是天意？从宝应下高速，转向盐城，由于路况不熟，七问八问，直到八点来钟，才摸到目的地。承施建石先生照拂，安排住在瀛洲宾馆，行装甫卸，她的电话就过来了。她说她七点到的盐城，路上淋了雨，这会儿身子有点不舒服。我说你怎么会淋了雨？难道你坐的是敞篷车？难道你路上就没有带一把雨伞？她说伞是带着的，但是没有坐车，她是从老家步行到盐城，整整走了九个小时。我有点不相信自己的耳朵，情不自禁地对着耳机责问：

"你疯了，你、你走什么路？！"

回答令我哭笑不得：

"体验一次长征。"

长征？你"文化大革命"那阵不也从上海走到韶山，今天你还长什么征？

我问她住在哪儿，准备过会儿就去看看。她说不用了，刚刚服下感冒药，现在最想的是休息。于是我强压满腔的焦急，耐心等待。等待啊等待，与其说是在等她，一位栖迟异乡的故人，半老的徐娘，莫如说是在等我——重温昔日的少年幻梦，少年岁月的浪漫与清纯，以及理想，以及主义等等。但在这节骨眼上，命运女神却迟迟不肯眷顾。当晚她没有来电话。第二天上午也没有。我这个曾经的少年，不，老老少年，心烦意躁，干着急，唯有傻等，傻傻地等。直到午后，才有她飘忽的嗓音随着渺渺电波传来。她说——你想象不出我是如何从波峰跌至浪谷！——她说她已经到了上海。早晨离开盐城前，本来想跟我打个招呼，考虑我昨天跑了一天长途，太累，估计还没有起床，不便打扰云云。"这次是不能见面了。"她最后说，"好在我已经知道了你的电话，下次回国，一定提早相约。"

难以掩饰满怀的失望与失落，怏怏，复怏怏。

午后驱车回射阳，途中经过盐城机场，禁不住下意识地眺望蓝天。想象中，她此刻正坐在波音 747 的窗口，眯着一双染满异域风霜的倦眼，幽幽地向故国回望。

美丽没有终点

　　她是我叔叔那一代的美人，"你晓得她长得有多漂亮？"叔叔曾向少不更事的我形容，"第一次在村口撞见她，差点从自行车上摔下来！"能让叔叔从自行车上摔下来的，据我所知，除了酒，就只有这番"惊艳"了。叔叔是个酒坛子，每顿必喝，每周必醉，醉了就翻肠倒肚，什么话都说，是以我晓得他的许多隐秘，其中之一，便是对这位邻村美人的刻骨相思；叔叔坦言他曾展开热烈追求，从苏北老家一直追到她读书的南京。

　　叔叔，是我们家族的美男，生得眉清目朗，挺拔帅气，而且还有中学文化背景。别笑，须知那是 20 世纪 30 年代，在敝乡，中学文化绝对是佼佼者，具备了"窈窕淑女，君子好逑"的资格。但叔叔"好逑"了人家几年，到底还是落空，伊人最终嫁给了一位常州籍的大学生，苏南对苏北，大学对中学，犹如一个在天，一个在地，叔叔的失败是形势决定，非关个人魅力。叔叔后来讨了一位扬州女子为妻，在我看来，也是罗敷一级的美人，但他对前者始终念念不忘，一直维持若断若续的联系。1964 年我到北京上学，动身前，叔叔特意叫了我去，让我给她捎带一份土产——此前她已随丈夫定居京城，当上了教授夫人。东西我是屁颠屁颠地送去了，结果，人影儿也没见着，开门接待的是她的保姆，我伸长脖颈，也仅仅是透过书房的窗棂，依稀瞥见教授的一头灰发。

如今，四十年后的如今，叔叔和教授都已亡故，只有她，依然健在。本来，她那一代的美丽与悲欢，与我是风马牛不相及，陌路人生，走对面了也不认识。年前回乡，从亲戚处偶尔得知她的电话，不知触动了我哪一根筋，忽然产生要见一见她的强烈欲望。

回京后去电，以同乡晚辈的名义，极道仰慕之诚，提出想登门拜望。她的嗓音好细好柔，轻言慢语，似乎生怕吓着了谁。她说：谢谢你的关心，我一个老太婆，有什么好看的，你就不用来了吧，噢。

吃了一个闭门羹。

我不甘心，过些日再次去电，这回，是以教授崇拜者的名义。我说：我和教授虽然缘悭一面，但从青年时代起，一直喜欢他的著作；说句高攀的话，教授称得上是我的精神导师；近来打算写篇纪念文章，提纲已经拟好，动笔之前，有些不清楚的地方，想向您当面请教。

她说：你就电话里讲吧。声音还是又细又柔。

我于是边讲边想，累累拉拉地列出一长串，有些，的确是我心头懵懂，需要请她点拨的，有些，其实是我心下了然，只不过临时没话找话的。她么，充分显现出学者修养、大家风范，凡问，必旁征博引、循循善诱。我感叹她的思维之缜密，答疑如水银泻地，不留一点空隙。讲到后来，当我提起市面上的一本新作，是关于教授一生的评注，她突然拔高嗓音，说："那本书不可看！"

"作者不是对教授评价挺高的吗？"我大惑不解。

"人生的关键时刻关键点，他完全搞错了。"她答。

随即她就加以驳斥，仿佛我就是那个犯了错的作者。她越说越激动，前朝后汉，细枝末节，足足讲了半个小时。我算是听明白了，背景是"文革"，焦点是关于学界某些人物的评价，有人说教授曾经讲过这个那个，行为属于助纣为虐，落井下石。作为闲笔，作者在书中顺便提了一句。今天看来，在那种特定的大气候下，即使事情属实，也没有什么大不了，无损于教授的人格。但她不能忍受，她认为教授绝对是高风亮节，洁白无瑕。

我想打断话头，就插了一句："我说您哪，谁个背后无人说，您犯不着为此生气。再说，作者对教授还是满怀敬仰的嘛。"

"那也不行！"她答。

于是她继续围绕上述问题批判，她的作风是巨细无遗，淋漓尽致。好不容易发泄完了，她长舒了一口气，问：

"你都听明白了吧？"

"清楚了。"我答。

"那好，你就写你的纪念文章。我熟悉你的名字，你的文笔还是不错的。文章不要长，三千来字。就发在××日报，最好是×月×号，那一天有纪念意义。"

说罢，她又特别强调了×月×号，然后挂了电话。

说实话，几千字的文章，对我是小菜一碟，发××日报，问题也不大，难就难在那指定的日期，你想，报纸又不是我办的，哪能说发几号就发几号。

为此，我是着实努了力。天遂人愿，文章总算如期刊出。

她很高兴，这回答应见面，并叮嘱我带上自己的全部著作；她说得很客气，要学习学习。

约定那天早晨，有车来接，出三环，过四环，七拐八拐，山麓，湖畔，林丛，一座仿古的四合院。

门开了。出现在眼前的，是一位五十来岁的夫人，高挑的身材，西服淡雅，面容素净，举止利落，我以为是她的女儿，或儿媳，谁知她自报家门，竟是她本人。

兀地一愣：她应该比我叔叔小不了多少，起码也在八十开外，怎的显得如此年轻？

转而释然：现在是美容业大行其道的时代，她本来生得就美，加上保养，加上化妆，不年轻才怪；我毫不掩饰地盯了她满头青丝一眼，那——当然都是染的。

客厅宽敞而明亮。靠南是一套红木沙发，很庄重，也很喜气。对面是一台大屏幕彩电，两侧佐以盆景。东西两壁挂满了字画，细看，都是教授和她的合作，她的工笔花卉、淡墨山水，教授的题款，堪称珠联璧合，相映生辉。

坐定。品茶。她叩问我的写作经历，包括散文成就，那是一个长辈盘查顽童的口吻，虽然饱含亲切和怜爱，其认真与细微，却每每使我汗颜，后悔过去下笔太轻率，没能把感情和学识发挥到极致。甫一接触，我就感到她的慈和严，她是一位屹立峰巅俯视尘寰的师太。

及至话题转到故乡，紧绷的神经才略略得以松弛。她说已经有七八年没回去了。最后一次，是教授病中，她陪他走了一趟。她说那路真难走，交通十分不便。村子不通汽车，要乘船。见面的人多半不认识，认识的人多半留在了记忆中。其间我特意提起我的叔父，她淡眉一扬，说那家伙年轻时长得很标致，也很霸蛮。说及我的祖父，她耸了耸肩，形同淘气的少女，她说我祖父四十来岁就留了一把长胡子，是典型的民国中人。

以下轮到我询问她了。关于家庭，她说有二子一女。长子一房在加拿大，孙子孙女一大堆，去过几次？三次。每次两三个月，长了住不惯。女儿一家和她一起过，刚才开车接我的，就是她的外孙。次子的情况，她自始至终没有提，我也没问。关于日常生活安排，她戏言和我差不多，整天坐家（作家），在电脑键盘上敲敲打打。什么时候学的电脑？教授病重那年，七十五岁。她说学电脑主要为了两件事：一、整理、编辑教授遗著；二、写回忆录。她强调写作纯粹是为了练笔，并不打算出版。

练笔！瞧这老太太说得多轻松，就像邻居老大娘说"走，下楼遛个弯儿"。

匆匆过了一个半小时，不忍心继续打扰，提出告辞。她也不留，坚持送客到院门。临别，我下意识地又瞅了一眼她的黑发。她迎着我的眸光，浅浅一笑，说：

"人家都以为是染的，你仔细看看，染过哪一根？一根也没有，生来就是这样，乌黑，油亮。"

奇迹。老话说："自古英雄与美女，不许人间见白头。"美人迟暮，犹如逊位的帝王、弥留的将军、凋谢的玫瑰，是很煞风景的，而她，活到这把年纪，依然清新秀逸，率性执着，光彩照人；尤其让人嫉妒的，是头上居然没有一根应白之发，不知是时间老人遗忘了她，还是她遗忘了时间。

真得感谢上苍的宠爱。

矶石上的神谕

　　日光泻落海面，海水溅起一簇簇的浪花。浪花亲吻海岸，银色的沙粒很软很软，细长的椰丝很柔很柔。鼓点。弦歌。一位印度女郎在舞蹈。舞姿如风，游人被熏得如痴如醉。凉风从腋窝生起，托起双臂，臂轻如翅。你要飞到哪儿去？海鸥问。哪儿也不去，此地即天堂。亚当、夏娃的伊甸园，罗密欧、朱丽叶的幽径，美体的长廊，眼球的盛宴，遮阳伞、防晒油、新款的躺椅、斑斓的卧席、男人古铜色的肌肉、女人婀娜的曲线。风情万种，比基尼，最新、最抢眼的一种，干脆利落，取消背带。天体海滩已在多国兴起，最原始的反而最新潮？最粗放的反而最文明？我不是圣徒，我穿过练瑜伽的少妇，穿过日光浴的老翁，眼睛紧盯前方，一位绿衣少女，一朵绿云。

　　少女一路拈花微笑，日光云影随着莞尔，天空莹蓝欲滴，浪花舞起梦幻的芭蕾。少女回眸，纤手一扬，蓦地飞起漫天玫瑰，瓣落如雨，有一瓣落在我的鼻尖，嗅之，香入脑髓。少女在海边的一块石矶前停下步来，踮脚，伸手，指端射出激光，她用中指在石上"写"下一行大字——我突然意识到，这是留给我的。我拔脚飞跑，谁知浪花比我更快，呼啦一个大浪卷来，石矶还是原来的石矶，笔迹犹然，但已漫漶苍古，难以辨认……

坐了一天大巴，从粤北山乡赶来粤南海滨。长途役役，风尘仆仆，每一程都峰回路转，山不转水转，水不转车转，扑面而来的风景，萦抱屏立，云树泱漭。看风景亦累，赶路

在南海海滨

更累。到达终点，已然人困马乏，精疲力竭。用罢饭，勉强冲个澡，看几分钟电视新闻，写半页流水日记，上得床，倒头便睡。梦中，犹感觉床铺在颠簸，身子飘起来，飘起来，宛然失重，腾云驾雾。

海边突兀着一块矾石，石上留有绿衣少女的神来之笔。我闭目，屏息，气运丹田，启动第三只眼，目光如红外线般穿透。漫漶的字迹顿时变得清晰，哦，这是一句神谕。

天示真言。按照神的旨意做，管保心想事成，美梦成真。欣喜若狂，手舞足蹈。抬头，绿衣少女已隐。回首，印度女郎也已敛踪。歌消，鼓歇，舞杳。唯有沙滩仍软，椰丝仍柔，快艇仍在浪尖轻摇。

你没见过我的小艇？这是我的水上骅骝，静如处子，动若脱兔。嘿，这比喻未免太陈旧，兔子的速度，才一小时几十公里？远不及我快艇的十分之一。谁看过羽箭在飞？不，谁看过子弹在呼啸？拿子弹的速度形容，大概差不离。这不，我一纵身跃上小艇，风驰电掣，眨眼工夫，便来到汪洋大海中的一座小岛。

这是我的飞地。蕞尔小岛，周遭加起来，也就百十平方米，而且堆阜突怒，犬牙交错。那年南海岛屿开放，公开拍卖，我一时心血来潮，拍下这块弹丸之地。我在上面栽了两棵椰树，凿了一组石桌、石凳，仅此而已，别无其他。风和日丽的日子，常常一人躲在这里，阅读，遐想，高歌，佯狂，过一过岛主的瘾。

向着陆地方向，我举起望远镜。这是岛上游玩的必备工具，袖珍型毫米波装置，21世纪的先进产品。科学家拿它搜索河外星系，我用它扫描红尘。镜头锁定海边的一幢别墅，依次闪出绿树、红墙、阳台、阳台上的炮竹花、花架下的少女，近在眼前，楚楚动人。少女换了一副打扮，绿裙变成白色网球服，我看过她玩沙滩排球，看过她练水上冲浪，矫捷健美，身手不凡，但没看过她击网球的英姿，设想也是可以和俄罗斯的库尔尼科娃媲美。

她的父亲走过来了。这是一位秃顶的洋教授。我说他洋，除了高额、隆准，还有恢宏潇洒的气度。教授捧着一本巨著，边走边读，封面朝下，看不到书名。女儿膝上搁着的那本，封面立起，镜头拉近，哦，是《圣经》。

月光如水漫进纱窗。这是一栋二层小木屋，屋被椰林环绕，椰林外是泳池，泳池外是沙滩，沙滩边错峙着一簇矶石，黑黢黢的，令人生怖。——凌晨四点，我蒙蒙眬眬翻了个身，倒头又睡。

位置忽然起了互换。我回到岸上，坐在坡顶的咖啡店，教授和少女出现在小岛附近的海面。这是怎么一回事？我使劲捶打脑袋。分明，片刻之前，我还在那岛上待着，而教授和他的女儿，则是在自家别墅的阳台。眼睛一眨，剧情变得诡异。想不通，愈想愈头疼。瞧啊，在望远镜头中，这一对父女离舟登岛，占领我的飞地。我一边呷着咖啡，一边观看他俩如何从背袋取出鱼竿、抄网、矿泉水、食品，又如何并排坐在石凳上，把钓丝甩得远远的。我看不见他们的表情，只能看到侧影；天空水阔，怡然自得。

远远的起了波浪。浪脊隐隐发黑。暴风雨要来的前奏？奇怪，我仰首看天，天还是同方才一样蓝，或者说更蓝。教授和少女稳坐不动。猛然间鱼儿咬钩，连我都看清楚了，这是一尾巨大的蓝鲸，身躯足足赶上一艘军舰！咦，教授居然视而不见！少女居然也视而不见！！难道是幻觉？不，绝对真实。我擦擦眼，抬头再看，海上忽然乱作一团，波浪狂涌过沙滩，奔蹿至我的脚底，游客全成了落汤鸡。未待做出反应，哗的一响，海潮急速后退，海底大面积裸露，惊魂稍定的游人从沙砾泥浆爬起，茫然四顾……我恍然大悟：海啸！

举镜再看，那父亲已然跳上小艇，正要伸手拉他的爱女，一个大浪卷来，又一个大浪卷来，小岛陷入灭顶之灾，少女不见了踪影，而小艇则像一片树叶，在浪峰上旋转，旋转。科幻片一般，噩梦一般。旋、旋、旋、转、转、转。我待要起身相救，怎奈鞭长莫及，只能眼睁睁看着它被波推浪涌，一直推到岸边。

教授弃舟登岸，拼命高呼救人！

游客自顾不暇，四散逃命。

教授看到了我。他向坡顶奔来。我快步迎过去。"快！快！快！"教授说，"我的女儿困在你的小岛，你要赶快救她！"说罢，上气不接下气。

我望望教授，又望望怒涛如山的大海，摊摊手，表示爱莫能助。

"不行，你一定要救她！"教授怒吼，"我知道你爱她！"

爱她又怎样？——他一定发现了我多日的跟踪——老人家，这不是寻常风暴，这是海啸！

教授盯着我的双眼，一字一铁，"听着，"他说，"你要救了我的女儿，我就把她嫁给你！"

嫁给我？啊，您再说一遍。嫁给我，嫁给我，那神仙一般的少女？！哈哈，我是谁？年轻？年老？已婚？未婚？不知道，统统不知道。此刻，我只知道周身热血狂窜，心脏跳得似乎要从胸腔蹦出，化成诺亚方舟。海啸？海啸他妈的算老几！我二话不说，刷——！纵身从高处跃下，直扑系在矶石旁的快艇……

仿佛过了一个礼拜，一月，抑或一年，谁能说得清楚，谁能帮我解说清楚。昏昏迷迷，混混沌沌，若梦若醒，似浮似沉。啊，我终于从地狱重返天堂，从小岛重登陆地。我遍体鳞伤，而少女毫发无损。人们自发聚拢在沙滩，举行热烈的欢迎仪式……教授举起我的右手，激动地宣布："上帝作证，他赢得了我的女儿！"……

镁光灯刺得眼睛生疼，记者一个劲地拍照。走开，救人的时候你丫的都到哪儿去了？哪儿也没去，一个圆头滑脑的家伙说，我一直在拍摄您海上救美的壮举，准备把它制成纪录片，卖个大价钱。钱？钱？你小子眼里就只有钱！我正待怒吼，发泄我的正义，"啪！啪！"有人鼓掌。扫兴，比起我的绝地救美，这掌声实在稀落，不成气候，不忍卒听。咦，并非鼓掌，仿佛有人敲门。"笃！笃！"我这是在哪儿？难道是做梦？未等清醒，老童已推门而入。——他是房主，有不请而入的自由。"都八点了，你还不起床？"老童说，"你这觉睡得好死！"

嗯，我揉揉眼皮，勉强欠起身，就那么半躺半靠着，懒洋洋地。一边眯眼打量背衬日光的岩石，一边心里埋怨：你老兄来得可不是时候。

"瞧你一脸激动，大概正做美梦吧。"老童英明，居然一猜就着。

"奇遇，你无论如何也想象不到。"人都是这个毛病，有了好事立马就想与人分享，未等老童表示兴趣，我就向他原原本本、绘声绘色地复述了梦境。

"你呀，近来写美女写昏了头！"老童兜顶泼下一瓢凉水。"这是雨果的故事，书名叫《海上劳工》，我昨天刚看过的，书还搁在你的枕头底下。"

什么？有这么巧？掀开枕头，果然有一册雨果的《海上劳工》，蓝灰相间的封面，由陈乐翻译，上海译文出版社出版……

接下来的整个上午，我一直坐在海边的石矶旁，翻阅雨果的《海上劳工》。雨果喜欢旁征博引，东拉西扯，这一点，我在他的《悲惨世界》《巴黎圣母院》中，早有领略。好不容易跳跃着浏览一遍，我不得不承认，我新得的梦境，的确是它主要情节的翻版。比如说，故事的起因，也是一位少女留字雪地（梦中是在矶石），引起男主人公的绮想；故事的背景，也是海中的礁石有一把经海浪冲击而成的天然石椅（梦中是人工的石凳），可以供游人观赏海景；故事的高潮，也是少女的叔叔兼监护人（梦中是父亲）宣布，谁能帮他解脱在海上遭遇的困境，就把侄女嫁给谁；等等。咳，倘若不是老童提醒，我要是把梦境加以发挥，诉诸文字，严肃的读者不告我剽窃才怪！

弄明两者的相似，我的第一反应，是惊讶。你想，我从未读过《海上劳工》，也从未听人说过类似的故事，那么，隔着枕头，雨果他老人家设计的情节，是怎么跑进我脑海的呢？难道说，我是有特异功能？

这念头只一闪，随即就否定了。所谓特异功能，我明白是聊以自慰，自欺欺人。那么，又如何解释这一现象呢？记得《圣经》说过："日光下无新鲜事，已有之事，后必再有，已行之事，后必再行。"根据这一说法，我的夜之所梦，并非为我独有，而是共同的、群体的记忆再现，犹如空气，从某个人的鼻孔呼出来，又由另一个人的鼻孔吸进去，就这么简单，没有什么稀奇古怪。

刚刚由困惑的旋涡解脱，瞬间又被苦恼的浪花淹没——我想，压抑不住地想——梦，本应是最自由、最具想象力的，而我，枉为作家，却庸俗到（姑且不说堕落到）连梦都和他人雷同，这岂不是对我创造力的莫大讽刺！

啊，我多么希望世上从来就没有什么大作家雨果，那样，我的梦境就得以演绎成新版的《海上劳工》；我多么希望雨果不是别个，而是我的前身，那样，我的梦境就能圆成"三生石上旧精魂"；我多么希望海边的矾石果真刻有一行神谕，那样，我就会相信雨果的灵感隔世钻进我的魂梦，完全是上帝的安排。

上帝啊，您能给我一个明澈的启示么？

……

是夜，我无梦。

第四辑

皇皇上庠

一

这就是蔡元培（孑民）的塑像，坐落在未名湖南岸的春风中；大理石奠基，汉白玉砌座，青铜铸身；说是身，只是自腰而上，端肃凝重的一尊胸像；先生背倚土山，坐北朝南；左临六角钟亭，当初选址的时候，应是考虑到了他黄钟大吕般的人格气韵；前面是一方草坪，柔柔的，嫩嫩的，空气般清新，晨梦般飘逸，铺出一行行的绿诗、绿歌、青波、青浪，即使在冬季；右侧是挺拔健美蓬勃向上的杂木林，那该是风华正茂的莘莘学子，在承领先生的耳提面命。记不清已有多少次了，从去年（1996年）金秋开始，为了明年北大百年校庆这个挥之不去却之复来的情意结，我打老远老远的城里跑来，一个小时又一个小时地，在这方净土穿梭寻觅，缅怀俯仰。偶尔停下脚步来瞻仰塑像，先生之于我，是永远不变的温柔敦厚，慈祥恺悌；诚如罗家伦的赞语："汪汪若万顷之波，一片清光，远接天际……"

今天情形略微有异，也许因为今天是"五四"，恰值北京大学九十九周年校庆，它使我想起了先生当年眼底的烟云，所以，不管如何变了角度端详，总觉得先生的目光微含忧郁，抑或是期待；淡淡的，淡淡的，像是壮士闻鸡，又像是英雄凭栏……

2014年在北大

想想也是，蔡元培诞生于 1868 年 1 月 11 日，按农历，属兔，到他 1916 年 12 月 26 日被任命为北京大学校长，满打满算正好五十岁，站在五十岁的高度上倚风长啸，苍茫四顾，自他的双眸中射出的，是一股凛凛的心灵之光，它犀利似剑，泠然有声，凝聚了无穷的历史感悟。先觉者总是超前的，超前者总是孤独的，孤独者总是忧郁的，在忧郁中抉择，在期待中觅路前行，这是古往今来一切大智者生命的基本造型。

二

蔡元培投身教育，始于他三十二岁，也就是 1898 年。在那之前，他是十七岁的秀才，二十三岁的举人，二十六岁的翰林，仕途可谓一帆风顺。中国文人历来最看重官运，他们生命的冲动大都是围绕着一官半职转，转上去就意味着飞黄腾达，转不上去就只有落魄潦倒；即使落魄潦倒如《儒林外史》中的老童生周进，一丝痴念，也仍旧围着考场呼悠悠地打转。"去到考场放个屁，也替祖宗争口气。"流传在陈独秀家乡安庆一带的这句俗谚，勾勒了一代又一代读书人悲哀然而又是无可逾越的价值取向。但是，在 1898 年，中国出了一件大事：戊戌变法，百日维新。变法维新是以知识分子富国强民的善良愿望为基础的，结果，却以顽固派复辟、六君子喋血、康梁狼狈远逃告终。"徒将金戈挽落晖"；变法的失败像一声警钟，敲碎了许多士人的迷梦，也使蔡元培猛然惊醒。就在这一年的秋冬之交，他突然解缆南去，头也不回地驶出了宦海——先是就职绍兴中西学堂，继而改教上海南洋公学；从此天涯轻舟，愈驶愈远。

1916 年底，蔡元培旅欧归来，飘然出任北京大学的校长。众所周知，辛亥革命后，蔡元培担任过南北两京政府的教育总长，因此，比较起他的前任内阁大员的身份，北大校长自然算不上一个显赫的位置。何况，这所结胎于戊戌维新的大学堂，在清政府和北洋军阀的摧残下，已是一片乌烟瘴气，北大校长的座椅，也就成了一块烧红的烙铁，谁坐了都要烫得跳。举例说，1912、1913 两年，校长就走马灯似的换了五个，依次是：严复、章士钊、马良、何燏时、胡仁源；其中，章士钊根本就没有到位。现在，蔡元培来了。蔡元培对这个新职位显然情有独钟，尽管同党中有很多人反对，包括汪精卫、吴稚晖、马君武，他还是决意就任。蔡元培的抉择得到了孙中山的支持，孙中山理解蔡元培，我们说，有这一票，就足够了。追究蔡元培的生命曲线，他多年来外搜内求、梦寐以寻的，其实也正是像北京大学这样一个舞台。人是离不开舞台的，和他先后挂冠南下的张謇、张元济，如果不是分别抓住实业和出版业，又岂能在民国的地平线上再树起一道瑰丽的风景！蔡元培瞩望于北京大学，就像阿基米德眼中那个能撬动地球的支点，它的价值，不在于多么抢眼，也不在于多么崇闳，而在于顺天承势，得心应手，把一己的才情抱负，淋漓尽致地发挥到最大限度。

三

蔡元培是带着"思想自由，兼容并包"的八字方针进入北大的。不要小看了这八个字的分量，它上承着诸子百家纵横捭阖的春秋战国，外映着欧洲大陆飙发电举的文艺复兴，下启了四十年后的"百花齐放，百家争鸣"。这后一点是我的姑妄之论。我总觉得，毛泽东在 1956 年提出的上述口号，多少有蔡元培振兴北大的影子；考虑到毛泽东 1918 年 10 月到 1919 年 3 月，曾在北大图书馆工作，对当日龙腾虎踔、万马奔驰的景观有过直接的感受，这猜测至少也有一点历史的依据吧。言归正传，前面说到，北大在清政府和北洋军阀的摧残下，已成了旧思想旧文化的营垒。蔡元培如今要来拨乱反正，"思想自由"也好，"兼容并包"也罢，当务之急，就是要物色一位新学的领军人物，给北大一阵狂飙，给文化一道闪电，给社会一个震撼。环顾天下，谁能当此大任呢？

蔡元培把目光投向正在上海编辑《新青年》杂志的陈独秀。

陈独秀，安徽安庆人。生于 1879 年 10 月 9 日，小蔡元培整整十二岁，也属兔。若以年龄划分，他是蔡元培的晚辈，若以功名计算，他在科举的台阶上只走到秀才这一级，比蔡元培要低得多，但在民主革命的资历上，却堪与蔡元培媲美。陈独秀在二十刚出头的啷当年纪，就以《国民日日报》《安徽俗话报》为阵地，宣传反帝爱国，启迪民智；三十出头，便出任民国政府安徽都督府秘书长；1915年9月，他在上海创办《新青年》，高举科学与民主的大旗，为新文化运动的兴起擂鼓助威。20世纪早期，陈独秀的大名是带有电闪雷鸣的，那个时期青年人对他的崇拜，远远胜过近来的追逐港台歌星，因为，那不仅仅是一种青春的骚动，更是一种灵魂的苏醒，人性的张扬，生命的呐喊。

云从龙，风从虎，历史上一些重要人物的遇合，常常给人适逢其时的美感。蔡元培这里正要找陈独秀，陈独秀那边厢已在北京等候了。1916年12月22日，蔡元培从上海进京，26日被任命为北京大学校长。其时，陈独秀为了上海亚东图书馆的业务，也到了北京，住在前门外一家旅馆。蔡元培得到消息，就效刘备三顾茅庐的故事，再三再四地前往拜访，礼聘他出任北大文科学长。那时电话没有普及，不能预先通知，为了确保抓住对象，蔡元培每次总是很早就从家里动身。有一回，蔡元培到了旅馆，独秀先生犹自作"卧龙"，酣睡未起。茶房欲上前叫醒，蔡元培不让，兀自掇了一张小凳子，坐在房门外苦等。如此诚心诚意地邀请，陈独秀显然被感动了。但他仍有犹豫:"我来北京,《新青年》怎么办?"陈独秀对《新青年》是相当看好的,他自信,"只要十年、八年的工夫",这个杂志"一定会发生很大的影响",他当然要抓住刊物不放。对这一点,蔡元培予以充分理解,爽快地说:"那没有关系,把杂志带到学校里办好了。"一件在近代思想文化史上举足轻重的大事,就这样一锤定音。人们看到,蔡元培把陈独秀和他的《新青年》从上海接到北京大学这个皇皇上庠,等于是把他从草莽状态推到时代舞台的前沿。历史再一次提供了生动的案例:一个人或一个刊物的生命被激活,是如何最终影响了一个时代。

陈独秀一入最高学府,注定了另一位新文化运动的健将也即将循踪而至——他就是胡适。

胡适这时候正在美国留学。他生于 1891 年 12 月 17 日,小陈独秀十二岁,小蔡元培二十四岁,巧得很,也属兔。若以年龄划分,他该是未来北大"兔子党"的第三梯队了(除蔡元培、陈独秀外,朱希祖、刘半农、刘文典等名教授也都属兔)。这也是一只不安分的小兔。他属于庚子赔款的第二批留美生,先后在康奈尔大学、哥伦比亚大学研读农科、文科,主修哲学,兼修英国文学、经济还有政治理论等等,研究来研究去,此君突然越出专业,对故国的"白话文"问题产生强烈的兴趣。胡适认为中国古文是一种"半死或全死"的文字，已经失去了生长前进的动力，要创造出新文学，必须采用新鲜活泼的白话语言；1915 年 9 月，他在赠友人梅光迪的诗里写道：

梅生梅生毋自鄙，神州文学久枯馁，百年未有健者起。新潮之来不可止，文学革命其时矣。

吾辈势不容坐视，且复号召二三子，革命军前杖马棰。鞭笞驱除一车鬼，再拜迎入新世纪！

请注意，胡适在这儿率先提出了"文学革命"的口号。但在异域，在华人留学生这个小小的圈子里，引来的几乎都是讥讽。胡适被激怒了，自尊与自傲迫使他奋起反击；1916 年 4 月 12 日，他作了一首《沁园春》自励，并在词的下半阕大声疾呼："文学革命何疑！且准备搴旗作健儿。要前空千古，下开百世，收他臭腐，还我神奇。为大中华，造新文学，此业吾曹欲让谁？"

说是"文学革命何疑！"气壮得很，然而，毕竟是书生间的斗狠，沙龙里的清谈，真的拿到社会上去检验，效果怎样，心里还没有底。这年 11 月，胡适把他的主张加以小心翼翼地改制，归纳为一篇《文学改良刍议》。其要点是：（一）须言之有物；（二）不模仿古人；（三）须讲求文法；（四）不作无病之呻吟；（五）务去滥调套语；（六）不用典；（七）不讲对仗；（八）不避俗字俗语。这个调门，比起他的"前空千古，下开百世"的宣言，要低了几个八度。文章写成后，胡适用复写纸抄了两份，一份给了《留美学生季刊》，另一份呢，他壮着胆子，寄给了远在上海的《新青年》。胡适万万没有想到，这篇试探性的"刍议"，正搔着老牌革命家陈独秀的痒处。他一眼就看出了它"今日中国文界之雷音"的革命实质，很快就予以发表。陈独秀的老谋深算，还在于他不容许胡适有丝毫犹豫或退缩，更不容许"反对者有讨论之余地"，随即作了一篇《文学革命论》为之推波助澜。他称赞胡适是文学革命的"急先锋"，说自己"甘冒全国学究之敌"，"以为吾友之声援"；并放言，天下凡有像胡适这般勇于向封建文学宣战的，"予愿拖四十二生的大炮，为之前驱"！

机遇，是百尺楼头的欢呼，胡适一觉醒来，已经是名播九州的新进思想领袖。还得继续感谢陈独秀，此公不仅巨眼识人，更兼有举贤让贤的雅量，他大度地把胡适推荐给蔡元培，欲以代替自己的文科学长地位。蔡元培呢，自然不会轻易放过老资格的陈独秀，但他对胡适也颇为欣赏，是年九月，他聘任这位年仅二十七岁的留美学子为北大文科教授。

北大何幸，沙滩红楼何幸，胡适身后，又迎来了李大钊（守常）。李大钊，河北乐亭人，大胡适两岁。早年留学日本，锐志揽辔澄清，与同在那里留学的陈独秀夙有交往，意气颇为相投。他于1916年回国，因主编《晨钟报》而声名鹊起。稍后又协助章士钊编辑《甲寅》日刊，深得章氏的激赏。章士钊、蔡元培、陈独秀，这都是一条道上的志士，彼此相知有素，相得益彰。蔡元培主事北大不久，就聘请章士钊为图书馆主任。章士钊在这个任上没有待多少天便辞职，转向蔡元培推荐李大钊。"以吾萦心于政治之故，虽拥有此好环境，实未能充分利用"，章氏日后回忆说，"以谓约守常来，当远较吾为优，于是有请守常代替吾职之动议。时校长为蔡孑民，学长为陈独秀，两君皆推重守常，当然一说即行。"如此这般，李大钊就于1917年11月到北大上任了。

十月革命后，李大钊是北大，也是全国第一个接受和传播马克思主义的共产主义知识分子。他以北大图书馆、《新青年》《每周评论》等为阵地，影响和带动了一大批渴骥奔泉般的热血青年。在这里，北大这个舞台是弥足珍贵的。那是"黑暗中之灯塔"（李大钊语）。或者说，那里面已经积聚并仍在积聚更多的热力，只待一声引爆便燃起烛天的火光。如果李大钊没有进北大，很可能仍在革命活动的外围徘徊，而一入沙滩红楼，情形就不同了。还是那位章士钊先生，他的观察十分到位："守常一入北大，比于临淮治军，旌旗变色，自后凡全国趋向民主之一举一动，从五四说起，几无不唯守常之马首是瞻。"那学府，还是书声琅琅的学府，那气韵，却已是雷霆万钧的气韵。

仿佛历史感到以上三员战将还不足以构成方阵，于是派遣鲁迅出场。鲁迅是蔡元培的老部下，他当初进入教育部，就是蔡引用的。蔡元培当上北大校长，鲁迅免不了要来帮忙。比如，1917 年 8 月，鲁迅就为北大设计了校徽图样，这也是北大历史上的一件盛事。但鲁迅那时已经三十七岁，还没有开笔写小说。他日常在教育部任职，公余研究古碑。自言"客中少有人来，古碑中也遇不到什么问题与主义，而我的生命却居然暗暗地消失了，这也就是我唯一的愿望"。——不，是民族的大悲哀！吃人者自在狷獗，生人者反而沉埋。正好在这时，《新青年》在京城祭起耀眼夺目的光环，胡适因之而一炮打响，李大钊、钱玄同、刘半农也因之而找到了自己的角色地位，鲁迅按捺不住了，他也要凭借《新青年》调整自己的生命状态。这种调整，说到底就是从沉潜走向显扬，从平静走向燃烧。1918 年 1 月，鲁迅和李大钊、胡适、钱玄同、刘半农、沈尹默、高一涵联手，加入了《新青年》的编委阵营。同年五月，他那篇讨伐封建"吃人礼教"的战斗檄文《狂人日记》，就在《新青年》呼啸问世。鲁迅借狂人之口愤怒控诉：

我翻阅历史一查，这历史没有年代，歪歪斜斜的每页上都写着"仁义道德"几个字，我横竖睡不着，仔细看了半夜，才从字缝里看出字来，满本都写着两个字是"吃人"！

鲁迅的笔轻轻一点，历史禁不住为之索索颤抖。

一代文化巨人就这样从幕后走向了前台。紧接着，《孔乙己》自他的笔尖下飞出，《药》自他的笔尖下飞出，《风波》《故乡》等一系列不朽名篇自他的笔尖下飞出；鲁迅在呐喊，《新青年》在呐喊，北大在呐喊。呐喊的世纪，世纪的呐喊。"既然是呐喊，则当然须听将令的了"。在这里，我想起一段公案。1933 年，鲁迅回忆这一段生活，曾说他那时做的小说是"'遵命文学'。不过我所尊奉的，是那时革命的前驱者的命令，也是我自己愿意尊奉的命令，绝不是皇上的圣旨，也不是金元和真的指挥刀"。鲁迅这里所说的"革命的前驱者"，从前有人告诉我们说是毛泽东，也有人称之为李大钊，前者当属于特定年代的硬伤，后者多少沾点边，但鲁迅的意中人，无疑是陈独秀。

四

写到这儿，请容许我把笔锋稍稍挪开一点主题，谈谈两位当年虽不是主角，但同样引人入胜的人物。

其一：关于梁漱溟。梁漱溟当初只有二十四岁，中学毕业，在司法部担任秘书。蔡元培主掌北大不久，读了他发表在《东方杂志》的《究疑决元论》，是以近世西洋学说阐扬印度佛家理论的，觉得不失为一家之言，便请他来校开讲印度哲学。梁自谦学浅，不敢应承，蔡元培反问："你说你教不了印度哲学，那么，你知有谁能教呢？"梁说不知道。蔡元培就说："还是你来吧！你不是爱好哲学的吗？我此番到北大，定要把许多爱好哲学的朋友都聚拢来，共同研究，互相切磋；你怎可不来呢？你不要当是老师来教人，你当是来合作研究，来学习好了！"话说到这份儿上，梁漱溟还有什么好推脱的呢？他又岂能不为蔡元培的胸襟气度所折服？聘请的全过程，如今听起来，就像是一则童话；而且是一则遥远的无法复制的童话。

其二：关于毛泽东。1918 年 8 月，毛泽东、肖瑜、李维汉、罗章龙等一行二十四人由湖南来京，准备赴法勤工俭学。过了一阵，毛泽东决定暂时不走了，就留在北京，并且想在北大找点事干。据肖瑜回忆，他们写信给蔡元培，诉说了自己的愿望，并提出，哪怕是当清洁工也行。蔡元培阅信时，一定是有过短暂的沉思。他本人就曾留欧多年，并且是赴法勤工俭学运动的高层发起者之一，自然能体谅这样一个中途不能成行的热血学子的处境。于是，他裁纸拔笔，给李大钊写了一张便条，说："毛泽东需要在本校求职，使其得以半工半读，请在图书馆内为他安排一职位。"毛泽东就这样进了北大图书馆。当年的详情，现在是难以查考的了。但可以肯定，正是北大，正是李大钊、陈独秀、鲁迅、胡适这一批世纪级人物的风采，开阔了青年毛泽东的视野，勃发了他"指点江山"的豪情，强化了他"到中流击水"的意志。

五

现在再把笔拢回来。除《新青年》编辑同仁外，蔡元培的麾下还聚集了顾孟余、朱希祖、沈士远、沈兼士、刘文典、马裕藻、陈大齐、马寅初、徐宝璜、周作人、周鲠生、陈启修、吴虞、陶孟和、李四光、颜任光、朱家骅、李书华等一大批新锐人物。在我国最先介绍爱因斯坦相对论的物理学家夏元栗，得以继续留任理科学长，与文科的陈独秀呼应，奠定了北大在文理两方面的高屋建瓴之势。南金东箭，济济一堂；北大历史上的一个新纪元，就这样军容浩壮地拉开了序幕。

如果认为，蔡元培的"思想自由，兼容并包"，仅仅局限于新派人物，那就错了。蔡元培对一些确有学问的旧派学者，如辜鸿铭、刘师培、黄侃、黄节、崔适、陈汉章、马叙伦等等，也都诚意延揽，给他们提供发抒的讲台。这一点常常为人诟病，认为不可理喻。其实，这正是蔡元培的无与伦比之处。即以辜鸿铭而言，他诚然有着复辟倒退的一面，但在英国文学方面的造诣，举世鲜有人及，所以蔡元培请他任英国文学系主任，也是用其所长。站远了看，辜鸿铭的人格精神也自有其可圈可点的地方。对于深谙西方文化背景并洞察西方文明弊端的辜鸿铭，他的卓荦之处就在于：当西方对中国大肆进行文明歧视和文化侵略时，他敢于说"不！"；当民族虚无主义者们把"全盘西化"的口号叫得沸反盈天时，他敢于说"不！"；当国人普遍忽略中西文化的双向交流与沟通，而无视西方传教士和"汉学家"对中国传统文化的隔膜时，他敢于说"不！"。辜鸿铭的这一个侧面当时并不为世人理解，蔡元培能对他高看一眼，确属难能可贵。再以刘师培而言，他是"筹安会"发起人，帮助过袁世凯鼓吹帝制，大反动也。但他是"年少而负盛名"的国学大师，连另一位鼎鼎大名的国学大家章太炎对他也十分推重，让他讲授擅长的经学，又有什么妨碍？何况穷愁病困中的刘师培这时正急需支持，北大倘不能向他伸出援手，也有失于皇皇上庠的格局、气派。

蔡元培提倡"思想自由，兼容并包"，自有其理论渊源。1918年11月，他在《北京大学月刊》发刊词中，曾用《礼记·中庸》"万物并育而不相害；道并行而不相悖"的老话，阐述他的治校方针，指出："各国大学，哲学之唯心论与唯物论，文学、美术之理想派与写实派，计学之干涉论与放任论，伦理学之动机论与功利论，宇宙论之乐天观与厌世观，常樊然并峙于其中，此思想自由之通则，而大学之所以为大也。"相隔八十年，如今回过头来看，就更见出蔡元培涵融万汇的泱泱大度。大度也是一种高度，一种浅学者浅薄者绝难企及的人生大境界。蔡元培鄙弃罢黜百家、独崇一己的文化专制，提倡学术自由，百家争鸣。当然自有倾向，但含而不露，相信自己稳操胜券，故从容不迫。这是什么精神？这就是上帝的作派！— —假设冥冥中真有上帝，我说，上帝一定总在谦恭地笑。

　　人们很快看到，蔡元培是如何把一个旧营垒下的北京大学，转变为新思想新道德新文化运动的策源地，为五四运动的兴起和中国共产党的诞生，水到渠成地输送上大批思想、人力资源。你也许抗辩：即将发生的这一切，并不完全出于蔡元培的本意！——是的，蔡元培本人受他世界观的局限，并没有完全预见到未来的走向，但这又怎样？在某种意义上，岂不是恰恰印证了"思想自由，兼容并包"的无限量威力。

思想者的第三种造型

一

　　一位摆弄经济学的倔老头儿，风吹别调，发出了和百家——其实也就是一家——不同的声音，举国展开围剿。这老头儿不是别个，正是鼎鼎大名的马寅初。鼎鼎大名管什么用，名声徒然为批判制造轰动。战友噤声，爱莫能助；同事侧目，视若寇仇；学子声讨，不共戴天。为了什么？为了一篇《新人口论》。就算是谬论吧，一个错误的意见能够翻天？这天是纸糊的，还是冰雕的？何况恰恰是真知灼见！何况恰恰是用来补天的灵石！时违世背，大运相左。有好心人劝马寅初偃旗息鼓，暂时收篷转舵。这也不失为明智，不是说"打得赢就打，打不赢就走"么。马老头儿断然拒绝。他认死理：这不是政治，而是学术。学术贵乎争论，真理越辩越明；岂能一遇袭击，就退避三舍，明哲保身！——批判愈是升级，马寅初愈发斗志昂扬；马寅初愈显轩昂，批判愈加大张旗鼓。双方都在血脉偾张，寸步不让。

　　一位举足轻重的老朋友出来圆场。这位老朋友，向以严于克己出名，其高风亮节，有口皆碑。老朋友亲自找马寅初谈话，内容不外乎要他转弯子。转弯子是一门学问，人类的许多大动作都得力于斯。它有时是退守，有时是迂回，有时是改向。此时此地，恐怕首先表现为台阶。批判者需要台阶，借以显示路线、立场的胜利。被批判者也需要台阶，聊作留得青山在，不愁没柴烧的自慰。老朋友开门见山，他说："马老啊，你比我年长十六岁，你的道德学问，我是一向尊为师长的。1938 年你我在重庆相识，成了忘年之交，整整有二十年了啊。人生能有几个二十年呢？这次你就应我一个请求，对你的《新人口论》写一份深刻的检讨，不妨从你的家庭出身、西方教育等方面入手，检讨了，你好，我好，大家都好，也算过了这一关。如何啊？"设身处地，老朋友堪谓推心置腹。谁知马寅初不买账，他决不转弯。换言之：决不检讨。

　　马寅初的决绝，令我们想起亚里士多德的名言，"我敬爱柏拉图，但我更爱真理"，也就是我们中国人通译的"吾爱吾师，吾尤爱真理"。不过，马寅初终究是侠义中人，他深恐自己的不妥协招致误解，开罪贤达，考虑再三，决定给老朋友一个公开交代。数天后，他为《新建设》杂志撰文，便特意加上一段，"对爱护我者说几句话并表示衷心的感谢"：

最后我还要对另一位好朋友表示感忱，并道歉意。我在重庆受难的时候，他千方百计来营救；我1949年自香港北上参政，也是应他的电召而来。这些都使我感激不尽，如今还牢记在心。但是这次遇到了学术问题，我没有接受他的真心诚意的劝告，心中万分不愉快，因为我对我的理论有相当的把握，不能不坚持，学术的尊严不能不维护，只得拒绝检讨。希望我这位朋友仍然虚怀若谷，不要把我的拒绝检讨视同抗命则幸甚。

读者不难猜测，这位老朋友就是周恩来。在这件公案上，周恩来表现出殚精竭虑，而又左支右绌，让人不胜唏嘘。而马寅初，则让人五内鼎沸，肃然起敬。

二

周恩来亲自出马斡旋，可见由马寅初引发的这场争论，牵涉到的层面之高，范围之广。

此事发生在20世纪50年代。那是个阳光明媚而又瘴烟四伏的年代，不仅年轻的读者难以理喻，就是许多过来人，也难以准确描述。

说阳光明媚，这是举国上下的通感。那个年头的人们集体可爱，他们正经历着革命化的洗礼。何谓革命化？形象地说，就是面对光焰无际的红太阳，先把灵魂儿掏出，反复洗涤，漂白，再把筋骨、血肉剔除，仿效《封神演义》中的哪吒，借荷叶、莲花复生。法用先天，气运九转，人人争相脱胎换骨，个个锻炼火眼金睛。要的就是这种红彤彤的世界，要的就是这种亮晶晶的人生。这里飞扬的是开天辟地的豪情。上下五千年，纵横九百六十万平方公里，任你雕，任你塑，任你长驱直入自由驰骋。

说瘴烟四伏，这是事后拾来的清醒。那个年头的人们又集体可悲，他们的理想、激情、才智，很快就沦为一场大规模政治实验的祭品。说是要为蓝天拭云，要为花园锄草，曾几何时，凡伸手拭云的，多成了入侵蓝天的黑客，凡挥手锄草的，多成了破坏园林的蟊贼。狂飙骤起，黑云压城，揭发批判，上纲上线，打翻斗臭，改造流放。培根天真，讲知识就是力量。阿基米德才华敌国，禁不住罗马士兵的一剑。布鲁诺慧眼识得宇宙无限，也难逃宗教裁判所的火堆。恺撒诞生于七月，七月理所当然地成为大月。屋大维诞辰是八月，八月也当仁不让地变成三十一天。天尊地卑，推动者永远比被推动者高贵。

马寅初，正是这种多元命运的缩影。

马寅初之可爱，用得上当年的一句时髦词语：全身心拥抱时代。比方说，他早年留学美国，精通英文、德文，粗通法文，算得上是学贯中西。然而，为了研究苏联的社会主义经济，在六十九岁那年，他又"老夫聊发少年狂"，一头钻进俄文，并且只花了三年工夫——注意，这里纯粹是指业余时间——就能够自如地出入俄文书报。这成绩，即使搁在风华正茂的学子身上，也苟非寻常。又比方说，他是1916年登上北大讲坛，位至教授、系主任、校务长，十年后离开，海阔天空一阵搏杀，又二十五年后，不顾自己已届古稀之龄，欣然重返沙滩红楼，出任新中国成立后第一任北大校长。再比方说，他白首穷经，老而弥坚，人在校园，心济苍生，思考的是理论，关注的是实际，着眼的是中国，辐射的是世界，检索的是历史，透视的是未来。

马寅初之可悲，恰恰在于他的目光超前。那时期，马寅初发表了一系列论文，如《我国资本主义工业的社会主义改造》《联系中国实际来谈谈综合平衡理论和按比例发展规律》等等，其中有些主张，明显暴露出偏离长官意志的倾向，埋下离经叛道、标新立异的祸根。乃至他关于控制人口问题的研究，尚未成篇，仅仅于 1955 年，在一届人大二次会议浙江分组，作了简要的口头表述，立刻就遭到强烈的谴责、围攻。

这里，我想到思想者的三种命运。一种思想是与潮流同步，因而最功利，也最稳当，尽管瞻之在前，忽焉在后，转瞬就有可能化作明日黄花。一种思想是超前半步，属于不乏新鲜，也不乏风险，然而，当卫道士们正要抡起大棒申斥，已被社会前进的脚步裁判为真理。一种思想是领先百家，超越时代，注定要被视为异端邪说，大逆不道，常常要等上几十年，甚至几百年，才为后来者逐渐认识、接纳。正是这种遭遇，使一批又一批的竖子成名，而使一批又一批的布鲁诺、曹雪芹愤世嫉俗，慷慨悲歌。

马寅初与他的人口理论，演绎的正是思想者的第三种命运。

三

自从献身经济学，人口问题，一直是马寅初关注的焦点。数十年间，他有过多种著述。但是，1955 年一届人大二次会议，却是他新中国成立后首次就人口问题表态。在他看来，这已是一个瓜熟蒂落的结论，只待伸手摘取。没有想到，爆发的不是掌声，而是斥责。社会主义国家哪来的人口问题？奇怪，很多人都习惯作如是想。好像一宣布进入社会主义，大地就只剩下一派"万紫千红""丹凤朝阳"。更有甚者："你新中国成立前就推崇马尔萨斯，这完全是他那一套旧人口论的翻版！""不准你变相诬蔑社会主义！"人人口沸目赤，个个义正词严。让他哭也不得，笑也不得。社会主义国家就没有人口问题，这论断是谁下的？我马寅初早在1939年就以实际行动否定了自己的阶级，否定了过去的我，怎么现在还把我往马尔萨斯那里推？翻版么？对不起，鄙人生平最忌人云亦云。诬蔑？嘿嘿，究竟又是谁在诬蔑谁！

　　作为一代历史人物，马寅初自此脱羁而出。马寅初生于1882年，死于1982年，活了一百零一岁，根据毕达哥拉斯著名的黄金分割律（0.618：1），他一生的关键期，应该是在1944年，也就是62岁前后。事实正是如此：马寅初1939年以前是南京国民党政府的一个中上层官僚，"不与共产党一起，还作过文章批评马克思"；但从那一年起，君子豹变，他毅然改弦更辙，追随马克思，追随共产党。为此，触怒了国民党当局，先是被投入集中营，后又改成软禁，整整失去五年自由。正因为有此一"劫"，马寅初才由一位党国经济要员，变成蜚声天下的民主斗士。也正因为有此"正果"，新中国成立后，七十高龄的他才有资格出任北大校长。然而，马寅初进入世纪人物的更高一个档次，却是从他1955年关于人口问题的发言开始。在这之前，世人熟知的马校长、马老已经属于"过去式"的人物，左不过是"慈祥""和蔼""亲切"之类的代名词。然而，转瞬之间，他竟然变得像毛头小伙儿那般任性，狂妄，咄咄逼人。你瞧，就在那次人大会上，面对公众的质疑，他居然扬言："大家可以不同意我的意见。我也可以暂时收回发言稿件。但我认为，我的意见和主张是正确的，并不因为大家反对，就改变自己的观点和主张。我将对这一问题继续进行调查研究，对自己的发言再行补充完善，下次人代会上，还将提出。"

真理没有外衣。马寅初按照他的既定方案，又经过一年多的广泛调查，深入研究，于1957年3月，把人口问题直接搬到了中南海的最高国务会议。"人口多就是我们的致命伤。"他说，"我们只要研究一下中国人口的增长情况，就会感到人口问题十分严重。1953年全国人口普查，才知道我国人口已经超过六亿，四年来又至少增加了五千万。我大概算了一下，如以净增加率百分之二计算，十五年后将达八亿，五十年后将达十六亿；如以净增加率百分之三计算，十五年后将达九亿三千万，五十年后将达二十六亿……"经济学家的厉害就是擅于利用数字讲话，他句句砸在实处，也是砸在痛处。讲到节骨眼上，马寅初又不失时机地给与会者将了一军："我们的社会主义经济是计划经济，如果不把人口列入计划之内，不能控制人口，不能实行计划生育，那就不成其为计划经济！"

问题提得如此尖锐，与会的高层首脑不得不表态。据说，毛泽东主席当场讲了话。我查了几份有关资料，毛泽东的讲话，字句虽然略有出入，意思都是一致的。毛泽东说：人口是不是可以搞成有计划的生产，完全可以进行研究和试验。马寅初今天讲得很好！从前他的意见，百花齐放没有放出来，准备放就是人家反对，就是不要他讲，今天算是畅所欲言了。

毛泽东的表态，无疑是对马寅初的支持。马寅初心花怒放，4月底，他决定在北大作公开演讲——这是他新中国成立后首次做学术报告——竟然按捺不住满腔激动，不顾自己一校之长的尊严，亲自到校园张贴海报。尔后，他又以那次演讲稿为基础，吸纳各方面的意见，经过一个多月的精心修改，最终形成长篇学术论文；为了区别马尔萨斯以及其他既有的人口论学者，也为了彻底告别自己的过去，他把文章命名为《新人口论》。

一篇雄文，一声铁定要在20世纪的史册上留下绝唱的浩叹，就这样诞生了。1957年6月，作为一项提案，也作为对自己1955年那番讲话的回应，马寅初把《新人口论》提交给一届人大四次会议。同年 7 月 5 日，全文在《人民日报》正式发表。

四

《新人口论》堪谓生不逢辰。1957 年早春，共产党发动全民帮助整风，这本来是一片春风骀荡、天高日晶的升平气象，马寅初加快关于人口问题的研究，正是深受这种大气候的鼓舞。然而，鉴于国际、国内某些意想不到的政治寒流，5 月 15 日，毛泽东写下《事情正在起变化》一文，供高层传阅，指出右派分子正在借整风之机向党猖狂进攻；6 月 8 日，《人民日报》推出社论《这是为什么？》，标志着一场震惊中外的反右斗争的开始。因此，到了 7 月，举国已经是一片大批判的熊熊烈火。《新人口论》早不降生，晚不出世，偏偏在这个时候发表，而且用的又是那种指陈失误、危言耸听的口吻，这就不能不使用"阶级斗争学说"武装起来的革命群众，心头顿生疑窦。

写作本文期间，我忽然心血来潮，去一家图书馆查阅了当年的《人民日报》。1957 年 7 月 5 日，头版头条，赫然登载的是："许多代表在全国人民代表大会会议上发言，坚决维护人民民主制度。"尽管年深日久，纸张泛黄，墨迹模糊，那郁积不散的火药味，还是扑鼻而来。整个二版，都是对章伯钧、罗隆基、顾执中、浦熙修、林希翎、黄绍竑等右派头面人物的点名批判，读来更觉刀光剑影，触目惊心。马寅初的文章刊发在十一版全页，并下转十二版。文章的重要段落，被人用不同颜色的墨水画了若干个圆圈，又若干条道道，若干处 × ×。虽然未着一字，但不难猜出，当年，它在一个极短的时期内，就已完成了从香花到毒草的彻底转换。

起初，批判仅仅局限在民间，停留在群众自发的层次。马寅初表现出不屑一顾。毛泽东的话，虽然还没有被林彪吹捧为"一句顶一万句"，但说东不西、说方不圆的权威，早已深入人心。毛主席支持《新人口论》，谁还敢拿我怎样？！然而，不幸的然而，到了 1958 年春天，毛泽东撰写了《介绍一个合作社》，发表在随后创刊的《红旗》杂志；文中，毛泽东以他惯用的诗性词语强调："……除了党的领导之外，六亿人口是一个决定的因素。人多议论多，热气高，干劲大。"——敏感的人们意识到，这番话一定是有所指。马寅初和他的《新人口论》，恐怕凶多吉少。

预感很快得到证实。5 月 4 日，北京大学举办六十周年校庆，陈伯达出席并作纪念讲话。陈伯达显然已看准了风向，讲着，讲着，他突然变色斜睨，冲着坐在主席台上的马寅初，厉声说："马寅初要对他的《新人口论》做出检讨！"

陈伯达此举过于突然。一位当日在场的老先生，曾向我描述："陈伯达的闽南话不好懂，师生们多数都没有听清，有人还以为他是在表扬马校长。马校长本人，确信是听清了，只见他微微仰起脸，望着陈伯达的头顶，一言不发，视若无物。"

马寅初和他的《新人口论》，就此被推上了审判席。历史留下了大批档案，累得我这个迟到的新闻记者，翻得头晕眼花。罢，罢，我不想再拿当日的浮花浪蕊，光怪陆离，折腾今日无辜的读者。在此，我只想再现一个画面，和一段誓言，为马寅初和他经历的那段寒冷岁月，立此存照。

先说那个画面。时间：1959 年严冬；地点：北大临湖轩；氛围烘托：雪压冰封，朔风尖啸。一场批判马寅初反动人口论的校级会议，正呈现出与大自然同步的严酷。中途，专程赶来压阵的康生，也许觉得火力还不够猛烈，但见他一拍桌子，打断批判者的发言，恶狠狠地插话：

"马寅初曾经说过，有人说他是马尔萨斯主义者，但他不能同意。他说马尔萨斯是马家，马克思也是马家，而他是马克思的马家。马寅初的《新人口论》，到底是姓马克思的马，还是马尔萨斯的马？我看这个问题，现在是该澄清的时候了：我认为马寅初的《新人口论》，毫无疑问是属于马尔萨斯的马家！"

又一位理论家跳将出来制造事端。用"主义""阶级"的大棒整人，是那个时代的热能一种最庄严，也最粗暴的释放。康生以为他这一压，足可置马寅初于死地。谁知马寅初不吃这一套，前面话音刚落，他后面就当场顶撞：我马寅初是马克思的"马"家！

斩钉截铁。数一数，总共十一个字。然而，这就够了。这才是"一句顶一万句"！有多少大师级、准大师级人物的一生，就是从胸腔里迸发不出这样的一句，连模仿也模仿不来。唯独马寅初做到了。不假思索，长啸而出，九鼎大吕，震烁古今。

再说那段铮铮誓言。面对"右派分子"的政治高帽随时会扣落下来的生存险境，和挚爱亲朋力劝姑且检讨、蒙混过关的苦口婆心，马寅初选择《新建设》刊登《重申我的请求》，以"虽千万人，吾往矣！"的决心，公开宣布：

我接受《光明日报》开辟一个战场的挑战书。这个挑战是很合理的，我当敬谨拜受。我虽年近八十，明知寡不敌众，自当单身匹马，出来应战，直至战死为止，决不向专以力压服，不以真理说服的那种批判者们投降。

　　这段话稍微长一点，分析下来，也不过三句。依我看，它起码顶得上三万句，三十万句！"明知……自当……直至……决不……"能够说出这番话的大贤大哲，20世纪下半叶的中国，唯有马寅初一人。套用传统的名言，就是："宁为玉碎，不为瓦全！""宁鸣而死，不默而生！"自从那日有幸拜读，我常常一低头，一转念，脑海里就会闪过陈寅恪为王国维立的碑文："唯此独立之精神，自由之思想，历千万祀与天壤而日久，共三光而永光"；或是李商隐颂韩愈的《韩碑》诗："公之斯文若元气，先时已入人肝脾"，"愿书万本颂万过，口角流沫右手胝"。而伴随诗文，眼前就会出现一位白须飘拂、拍马摇枪的老黄忠，啊，不，一位鲁殿灵光、岿然独存的大英雄。李敖尝说"人生八十才开始"，证之于他本人，尚是未知数，证之于马寅初，却是惊人的准确。马老不老，守正白眼朝天，立世青眼向文。他总是能让人马首是瞻，瞻到血沸，沸到流泪。历史不堪垃圾的重负，后人为轻装前进就不得不学会健忘。然而，我相信，无论无常的岁月经历多少轮回，马寅初高昂的头颅和勃发的英气，将永远激荡青史，烛照天地！

五

季羡林先生曾告诉笔者，新中国成立以来的知识分子，他最佩服的，有两个。一个是马寅初，一个是梁漱溟。

这两人都是古色古香的大丈夫：一样的刚正不阿，一样的敢作敢当。我这里用了"古色古香"一词，首先是指他俩的理想、情操、气节；其次是强调，他俩都出奇地长寿。众所周知，梁漱溟活了九十六岁，马寅初活到一百零一岁。

梁漱溟少时体弱多病，壮年又历经坎坷，据一则资料，他的长寿，完全得力于平和淡泊的精神和少吃多动的健身之道。关于饮食营养，本文撇开不谈，单说他精神上的那个"静"，和形体上的那个"动"。例子之一："文革"中，梁漱溟的藏书、手稿、字画被焚，人又被拉去游街，批斗。这不啻是剜心摘肝，侮宗辱祖。稍微想不开的，就会走上绝路。梁漱溟不，当造反派厌倦了他这只"死老虎"，把他关进一间小屋，停止纠缠，他么，既不呼天抢地，也不长吁短叹，而是优哉游哉、自得其乐地写起学术论文。先撰《儒佛异同论》，继撰《东方学术概观》，其超然物外的胸襟，和目无凡夫的气度，令世人叹为观止。例子之二：梁漱溟以太极拳健身，数十年如一日，从不间断。即使在那些被批斗的日子里，一旦获得短暂的喘息，哪怕是当着数十人、数百人的怒目，他也会立即拉开架势，专心致志地调精运脉、摄气炼神。

马寅初呢？

马寅初少时也是体弱多病，在留学西洋的过程中，他学了两手健身的绝招。其一是洗冷水澡。不，应该说是热冷水澡。先热后冷，热冷交替，热时大汗淋漓，促进血脉流通，新陈代谢，冷时血管收缩，借以训练弹性，延缓老化。这是早年留学美国耶鲁大学，向一位校医学来的。其二是爬山。留学哥伦比亚大学，他爬纽约市中央公园的小山；落户杭州，他爬玉皇山、宝俶山、棋盘山；迁居重庆，他爬歌乐山；定居北京，则爬万寿山、香山。年近八旬，依然能健步如飞地登上香山主峰"鬼见愁"。《新体育》杂志就曾刊登过他征服"鬼见愁"的照片，令天下老人大开眼界，大长志气。说句文人的酸话，人生之道，不外如爬山，每一步都在和自然界交换能量，每一步又都在积聚能量。人生之道，又不外如洗热冷水澡，热胀冷缩，吐故纳新，抱阴守阳，协调平衡。

马寅初的长寿之秘，还要加上一条：胸怀坦荡。五六十年代，曾经有两句很有名的诗："真理在胸笔在手，无私无畏即自由。"说得多好！但真正能身体力行的，环顾天下，又有几人？马寅初，无疑是十分难得的异数。因为真理在胸，所以他才能吟出："大江东流去，永远不回头！往事如烟云，奋力写新书！"因为无私无畏，所以他才能放言："不怕冷水浇，不怕油锅炸，不怕撤职，不怕坐牢，更不怕——死！"马寅初做到这一步，死亡也就拿他无可奈何。

马寅初在望八之年遭受重厄，不得不离开北大校长的位置和喧闹的政坛，躲进自己在京城东总布胡同的小院。"大江静犹浪，扁舟独且征。"阻纷扰于红尘之外，而不阻浩气于千秋之外。结局，竟以百岁高龄，重新出山，赢得世人的大声惊叹，大把热泪。这是他的对手做梦也没想到的，也是他的家人、友人难以置信的。唯一掌握底牌的，只有上帝。马寅初，是上帝赠予20世纪中华民族的一份厚礼。他的价值，一半在于他发掘的人口理论，一半在于他渊渟岳峙、独立苍茫的健康人格。

千山独行

一

"五十年来和五百年内，中国人写白话文的前三名是李敖，李敖，李敖，嘴巴上骂我吹牛的人，心里都为我供了牌位。"

李敖这哥们像谁？想想看，再想想看，你身边绝对没有这种标本。现代，近代，古代，你一页一页翻黄、翻焦、翻痛了历史，保准没有。注意，李敖这么说时，没有拍胸脯，也没有唾沫星四溅白眼朝天，只不过抽抽鼻子，眨眨眼，狡黠一笑，露出一口洁白晶亮的细牙。而你，多半会忽略这细节，只记住了他的狂妄。你禁不住愤火中烧怒肠鼎沸，本能地。你的教养你的自尊你的脾气，都促使你"拿起笔，作刀枪"。不过呢，容我泼一盆冷水。仅仅眯起眼看台湾，要生吞李敖之肉活剥李敖之皮的仇家，没有一军也有一师，你这种书生意气的小打小闹，在李敖门前，一年半载肯定排不上队。

且看李敖骂蒋介石，骂得入骨入髓，骂得天花乱坠，

与李敖合影

骂得千娇百媚。蒋帮勃然大怒,一旁十年大牢侍候,李敖不愠,不火,也不上诉,他吃透了历史,也谙熟法律,知道怎样从容应对暴政。他就那样衣袂飘然地,像步进图书馆一样步进监狱,不,炼狱。老蒋生前,他以耶稣自励,"午夜神驰于人类的忧患",在默默中思考,锤炼;老蒋死后,他一鼓作气抛出《蒋介石研究》一至六集,并编辑《拆穿蒋介石》《清算蒋介石》《蒋介石张学良秘闻》《侍卫官谈蒋介石》诸书,大鞭其尸,不亦快哉!鞭尸之外,还旁及其妻其了,旁及所有视线内的蒋帮政要，一律痛加鞭挞，不亦快哉！你要批李敖，不妨先养养他这种"挺身为人间存正义而留信史"的侠气、英气。

李敖最爱惹是生非，他以招怨结仇为乐。他觉得终身之计，不是树人，而是树敌。叫李大侠李敖唉声叹气的，是在这台湾岛内，什么都他妈的鬼头鬼脑，小里小气，连敌人都不够段位。他常常想起法国总统戴高乐。戴高乐有天外出，遭一伙刺客伏击。耳听凶手在四周狂呼滥叫，眼见子弹在座车前后爆炸开花，戴氏处变不惊，从容自若。结果，倒是行刺者丧魂失魄，狼狈而逃。戴氏冲着刺客的背影，轻蔑地扔去一句："这些家伙的枪法真差劲！"数十年来，李敖备受国民党和比国民党还国民党的小人攻击、迫害，他优游其中，日变月异，一年比一年坐大，一年比一年神气，为什么能达如此化境？原因之一，就是——喏，套用戴高乐将军的经典——"这些家伙的枪法真差劲！"你想领教领教李大侠本人的武功？那好说，那好说。告诉你，大侠的"小李飞刀"，例不虚发，发必中的，你看，他是如此嘲弄国民党："国民党把'经济问题，政治解决'（如包庇财阀是也）；'政治问题，法律解决'（如以法律绳异己是也）；'法律问题，经济解决'（如法官收红包是也）。国民党总是不能恪守本位。"怎么样？统共不过两小节，二十四字，拆开来，句句都中肯綮，合起来，不亚于一部腐政全书。你再看他的这番讽刺，他说：国民党对大陆力所未逮而淫之，正是"意淫大陆"；对台湾力所有逮而淫之，正是"手淫台湾"。以区区八个字，写尽国民党涎态、诡态、窘态！你再看，当蒋介石的孙子蒋经国的儿子蒋孝武去世，媒体大谈他生前如何与私生兄弟章孝严联络云云，李敖技痒难耐，也跳出来贡献一副挽联，联云："先死后死、祖孙一脉、端赖介石开阴道；婚生私生、兄弟串连、全靠经国动鸡巴。"语含双关，文蕴两意，一联既出，举岛哄传。李敖自称："从中文技巧看，任何中国人都写不出来！"你要是不服气，尽管下场一试，一旁笔墨纸砚立马侍候。

李敖口无遮拦，爱说大话、满话、极端话、刻薄话，乃至痞话、淫话，但他偏生说得真诚，说得可爱，说得风情万种。沈从文评点前人刻画张飞、李逵、鲁智深，认为光彩端在"粗中有媚"。李敖之狂也，应属"狂中有媚"。比如他写回忆录，趁机往脸上贴金，竟动用了十六个响当当的"不"字，标榜他一生是如何"桀骜不驯、卓尔不群、六亲不认、豪放不羁、当仁不让、守正不阿、和而不同、抗志不屈、百折不挠、勇者不惧、玩世不恭、说一不二、无人不骂、无书不读、金刚不坏、精神不死……"人读了，非但不恶其大言不惭、恬不知耻、自命不凡，反而会莞尔一笑，在不知不觉中，融入他那股热辣辣、活勃勃、浩荡荡的真气和奇气。

二

李敖在大陆只生活了十四年，住过的地方，仅限于哈尔滨、北京、太原、上海，事情就有这么怪，他生命的根，早已上蟠下蜿，左攫右抓，深深扎在了长江黄河之源、五岳千山之麓，深深地。李敖日后追溯家族的血脉，总是自豪地提到云南，夸耀他那或许是蚩尤后裔的先祖；再就是他那位崛起齐鲁、勇闯关东、既卖苦力、又做土匪、既抗邪恶、又搂钱财的爷爷，自谓其骄人的勇敢、强悍、精明、厉害、豪迈，乃是深得祖父的真传；还有他那位早年攻读北大，被蔡元培、陈独秀、胡适、鲁迅诸位大师狠狠灌了一脑袋醍醐的爸爸，爸爸的成绩虽然不在一流，在北大的自由民主精神，却正是经由他老人家的言传身教，日逾一日地吹遍李敖思想的原野。

我曾读《梁实秋传》，那是数年前，好多情节，如今都记不清了，但有一个插曲，相信有生之年，将永远刻骨铭心：1937年7月28日，日寇占领北平。梁实秋一边抚摸长女文茜的脑袋，一边流着泪说："孩子，从明天起你吃的烧饼就是亡国奴的烧饼。"

又曾读《余光中文集》，那也是数年前，余氏散文中，沸腾达于笔尖达于血液达于创造的，在我看，主要是下列一些词句："你的魂魄烙着北京人全部的梦魇和恐惧"，"有一种疯狂的历史感在我体内燃烧，倾北斗之酒亦无法浇熄"，"当我怀乡，我怀的是大陆的母体，啊，《诗经》中的北国，《楚辞》中的南方"！

这就是根，这就是魂，这就是血脉的源头、思想的磁场、人格的标高！李敖读初二时随父母去了台湾，厕身于败军之阵、乌合之帮，触目所见，不外一片拥挤、狭隘、狼藉之状，肮脏、龌龊、卑鄙之态。以李敖的天性，他岂能忍受？他哪堪忍受？然而，他又不得不忍受，因为他还小，也正因为小，生命的能量却又无日不在加速度地井喷。终于有一天，李敖怒吼了，他开始抗争。那时他正就读台中一中，念高三，李敖把抗争的突破口选在了窒息人性的"制式教育"，断然把书包往地下一掼，宣布说：老子不要再去那劳什子课堂！老子就在家自学！

李敖口口声声的"老子"，自然指他自己。而李敖的亲老子，这会正好在一中任教。做老子的听了儿子的反潮流宣言，没有火冒三丈，暴跳如雷，也没有望闻问切，检查病因，只是点点头，淡淡地说："好，你小子要休学，那就休吧！"

老爸的开明，令李敖喜出望外。李敖乘机又有发挥，他对老爸说："所谓北大精神，就是'老子不管儿子'的精神，你们北大毕业的老子，都有这种精神。"

画家黄永玉，也是从小就敢于蔑视教育的权威。他在厦门集美学校读初中，总是一头钻进图书馆，再就是绘画，唯独对功课不予理睬。如此我行我素，免不了要遭到功课的报复，三年初中，竟生生留了五次级！书读得如此之"悲壮"之"惨烈"，按说，他那位任校方董事长的叔叔，该出面过问过问才是。奇了怪了，做叔叔的居然视若无睹，放任自流，不知他叔叔是否也是北大毕业？

李敖小时候，生得眉清目朗，温顺可爱，人呼"老太太"，那是真人未露相。随着年龄增长，不，应该说是随着知识的扩张，日渐露出头角。李敖读书之多，是普通的中学生难以想象的。举一个匪夷所思的例子：他闭起眼睛，光用鼻子，就能嗅出学校图书馆架上的某一册书，是出之于上海的哪一家书局。可见他对馆藏图书是何等熟悉！李敖书读得飞快，思想也张狂得飞快。初三那年办班报，竟敢写文章批评高年级的学生，惹得对方勃然兴师问罪。近年他回忆起这一幕，依然满怀得意，他说："可见我李敖办刊物贾祸，固其来有自也！"李敖十八岁那年，高三上只念了十几天，如前面所说，就干脆休学在家，镇日沉浸于文史书籍和写作，痛痛快快地养了一年"浩然之气"。

这段"闭关修炼"，对李敖一生影响巨大。且看他这期间的部分诗作——

人皆谓我狂，我岂狂乎哉？是非不苟同，随声不应该，我手写我口，我心做主宰，莫笑我立异，骂你是奴才。（《写贻党混子》）

眼亮心要黑，朝夕窥国贼，千里寻知己，一求大铁椎。（《论侠六首之二》）

不拐弯抹角，不装模作样，有话就直说，有屁即直放。（《诗的原则》）

没有穷酸相，不会假斯文，高兴就作诗，生气就骂人。（《杂诗八首之四》）

志在挽狂澜，北望气如山，十年如未死，一飞可冲天。（《立志》）

九曲黄河十八弯，在第一个弯道就显出了它雷奔海立、一泻万里的磅礴气势！

<h2 style="text-align:center">三</h2>

板桥老人何幸？他的一句感慨系之的"难得糊涂"，前些年风靡神州大陆。这股靡风应也到台湾岛；据说我炎黄子孙，不少人都雅好此训。国人为什么总嫌自己太清醒？我们的文化心态政治心态肯定在哪儿出了毛病！清醒本身似乎都杂着糊涂。李敖惯作特立独行，"江水皆东我独西"，若是众人都倾心"糊里糊涂"，他必然是独钟清醒。

李敖的确是难得糊涂。反映在生活上，就是洁癖。他每天都要反复净身，自谓洗澡的次数绝不亚于丘吉尔，至于在澡盆里泡的时间，大概比不上拿破仑和巴尔扎克，否则，按其天性，他绝不会藏美；无论多忙，他每天都要打扫房间，包括厨房、浴室和厕所，他不能容忍一点灰尘，也想象不出在一个肮脏的环境里作为万物灵长的人类又怎会生活得舒服。反映在政治上，就是振衣千仞，高标独树，四面出击，六亲不认。他崇尚"欲求灵药换凡骨，先挽天河洗俗情"。李敖之可爱，就可爱在这里。李敖之可怕，也正可怕在这里。

习惯了温柔敦厚一路文字的读者，乍读李敖的文章，免不了要"触电"。李敖批国民党，批得虎虎生风，风云变色，这是他的大业和绝活。李敖批"台独"，批得鸡飞狗跳，跳踉偃仆，这是他的大义和神功。除此而外，李敖也批前文提到的梁实秋。他认为，从写《人权论集》到主编《远东英汉字典》，此梁和彼梁，相差不可以道里计。梁在大陆，敢于向国民党太岁头上动土，一豪杰也；到台湾，却是事事跟在国民党屁股后面转，一可怜虫也。"一代大儒，不可以软弱如此！"所以，在梁生前的最后十年，李敖与其比邻而居，却不屑往来，大有"比邻若天涯"，不胜隔世之感。李敖也批前面提到的余光中。他直斥其人"文高于学、学高于诗、诗高于品"，基本上，"一软骨文人耳，吟风弄月、咏表妹、拉朋党、媚权贵、抢交椅、争职位、无狼心、有狗肺者也"，"且为诗拍蒋氏父子马屁，更证明此人是势利中人，绝无真正诗人的真情可言"！李敖也反思胡适。李敖曾师事胡适，胡适优待李敖亦犹如当年在大陆优待罗尔纲。但是，李敖敬重的是五四雷霆霹雳中的青年胡适，而不是"老惫而世故"、呈"大懵懂"状的晚年胡适。他剖析胡适一生的致命伤，就是把大有为的学术生涯，虚掷在无所谓的社会应酬。哀叹胡适的生命，"简直在被每一个仰慕他的人分割以去，活像《老人与海》中的那条被吃光的大鱼。"呜呼！李敖为之顿足："第一流的人不该花这么多的时间去做人际关系，第一流的人应该珍惜光阴，去做大事。"其他我们熟知的一些有学有识有头有脸有名有分的人物，如钱穆、柏杨、林语堂、台静农、陈鼓应、李远哲、琼瑶、三毛、金庸等等，莫不在他的口诛笔伐拳打脚踢之列。比如他抨击作家三毛——谁是三毛？众所周知，三毛是漫画家张乐平笔下的流浪儿造型，举世认可了的。而现在，出了一位姓陈的女士，居然"以三毛为笔名，整天做的，竟是带领病态的群众，走入逃避现实、风花雪月的，这对苦难的真三毛来说，实在是一种侮辱"。因此，李敖当了三毛的面诘问："你说你帮助黄沙中的黑人，你为什么不帮助黑暗中的黄人？你自己的同胞更需要你帮助啊！"所以，他指斥三毛的言行，"无非是白虎星式的克夫、白云乡式的逃世、白血病式的国际路线和白开水式的泛滥感情而已，她是伪善的。"又比如他评点金庸——金庸同三毛一样，也是主动送上门去挨"剐"——一次，金庸因事赴台，特地登门看望李敖，谈话中，他说到自己"自从爱子不幸去世，便一心皈依佛学，现在已经是很虔诚的佛教徒了"。李敖大皱其眉，当即说：佛教以舍弃财产为要旨，即"舍离一切，而无染着"，"随求给施，无所吝惜"，而你却是大财主，你怎么解释你的虔诚呢？金庸语塞，难以回答。李敖事后撰文说：金

李敖赠作者书

庸的所谓信佛，其实是一种"选择法"；一言以蔽之，他也是伪善的。——事事上纲上线，语语析骨析髓，持论之苛，直如魔鬼断狱。

李敖自称"为人外宽内深，既坦白又阴鸷，既热情又冰冷，既与人相偕又喜欢恶作剧"，"烈士肝肠名士胆，杀人手段救人心"，为了瞄准，他常常不得不闭起一只眼。他偏好的是那种超凡脱俗的"性格巨星"，像东方朔、像李贽、像金圣叹、像汪中、像狄阿杰尼斯、像伏尔泰、像斯威夫特、像萧伯纳、像巴顿将军，尤其"喜欢他们的锋利和那股表现锋利的激情"。当然啰，他列举的都是蜚声中外的思想巨子、文章大家、铁血男儿。每一位都是铮铮铁骨，铁骨铮铮，不同凡响。然而，倘若细加比较，不难发现，东方朔犹输他火辣，李贽犹输他刁顽，金圣叹犹输他隐忍，汪中犹输他铁面，狄阿杰尼斯犹输他诡谲，伏尔泰犹输他机智，斯威夫特犹输他蛮勇，萧伯纳犹输他狂放，巴顿将军犹输他算计。从"这一个"的角度来看，李敖的确是不世出的枭雄。

四

作为传统文化的爆破手，李敖受到过"第一流的历史学家的训练"。这一点非常重要。正因为有此根底，再加上非凡的斗志，他才能以一介文士之力，横行台湾，攻城拔寨，斩将搴旗，敲山震虎，摧枯拉朽，撒豆成兵，飞花摘叶，"打遍天下无敌手"，"人见人怕鬼见愁"。

走进李敖的住宅，你会惊讶错进了图书馆。铺天盖地的书，不是一架两架三架五架，而是一墙两墙三墙五墙。书架和墙壁砌成一体，书就是墙，壁就是架。书之为伍为阵，纵横有序，壁垒森严，炳炳麟麟，气象万千。古人常说"坐拥书城"，如果你对这比喻缺乏形象化的直感，那么，不妨找机会前往李府参观参观。

难怪李敖要鼓吹"真正第一流的大思想家的工作地点是自己的书房，而不是图书馆。"苏格拉底热衷的街头对话方式与他无关，马克思在大英图书馆的一幕也与他无关，李敖说这话时，肯定是一边照镜子，一边神采飞扬，他是为自己画像。

他当然有理由为自己画像，在图书馆或其他地方做研究，哪能比在自己家里更舒适、更自由、更方便，因而也更能出活呢？前提是你的住房要有李敖的那么敞，藏书要有李敖的那么丰富。李敖是岛内外屈指可数的藏书家，他的图书多而精，旧版本的占了很大比例。李敖占领资料的原则是韩信将兵，多多益善。他绝不无辜浪费信息，哪怕是少年时代朋友的一张便笺。李敖的书桌不是一张两张，而是有许多张，上面总是堆满了专题材料，他写某一类文章，用一张书桌，换了主题，再换一张书桌。李敖爱用舞女的术语——"转台子"——形容日常这一套流水作业。

真正的舞女想来不会爱上他的"转台"。在她们的眼里，李宅也好李府也罢，充其量不过是一座"豪华监狱"。李敖自囚其中，每天劳作劳役十七八个小时，未解"春眠不觉晓，处处闻啼鸟"，更遑论"舞低杨柳楼心月，歌尽桃花扇底风"。李敖是地道的苦役命，他不烟、不酒、不茶、不咖啡、不下棋、不打牌、不跳舞、不看电影，不讲究饮食；即使待客也不稍歇，总是手里忙着，耳里听着，嘴里讲着；哪怕接电话，也是拿下巴将听筒一夹，边接边干活。

　　只有接触到李敖的这一面，你才会洞悉他的功力，才会恍然他的追来溯往，引经据典，为什么总能如此手挥目送，左右逢源。譬如他叙述自己的分身多用，随便就举例说："17世纪大学者王船山可以一边向学生讲课，一边跟太太吵架，而《三国演义》中的庞统庞士元，更是十项全能。《陶庵梦忆》中的黄寓庸也有'耳聆客言，目睹来牍，手书回札，口嘱僮奴'一身四用的本领。正因为我有这些一身三用、一身四用的本领，所以我待客时，就先声明我要一边做工一边谈话，一如蒋介石到印度拜访甘地，甘地却一边纺纱一边谈话……"如果他就这专题继续发挥，相信一定旁征博引，排比参照，精彩纷呈。

　　最能见出作者功力的，应数笔仗。彼时的一颦，一笑，一俯，一仰，都牵扯到双方的毕生修为。且看：李敖当年发表《播种者胡适》，广泛受到好评。胡适本人，想必是快慰的。但胡适是大家，快慰之余，从响鼓重槌的厚意出发，还特意寄语后生李敖，提出该文尚有"不少不够正确的事实"。哈哈，李敖评说的是胡适，现在由胡适本人出来纠谬，这该是被逼到墙角、无处回圜了吧。然而不，李敖是何等身手！"墙角数枝梅，凌寒独自开"，他的史家训练，在这儿生发出威力。李敖指出，胡适列举的那些失误，在他，都不是捕风捉影、凭空捏造，而是有所本的；其中有些典故，还是直接引自胡适的书。现在，既然胡适亲笔否认，那只能说明：一、所本的材料不实，责任在第三者，不在他；二、胡适老了，记忆偶出故障，想不起当年说过的话，他是完全不记得了，忘了。嘿，李敖这家伙就这么牛！纵然太师级的胡适想出面敲打敲打，也是没门。

长期出没于史学的王国，李敖的语言，也染上了史"色"史"韵"。他写殷海光、夏君璐夫妇，讲到殷太太对去世的殷先生人格的歪曲，笔锋一抖，说："思想家讨错了老婆，在他死后，对他思想的流传必是一种妨碍，从托尔斯泰到胡适，无一例外。"跟着又带出《诗经》中的一句："'殷'鉴不远，在'夏'后之世。"指出用它来"做有趣的曲解，正好对这段殷夏婚姻，有了先知式的预言"。他讨伐"台独"分子彭明敏，在记录了自己与彭的长期交往之后，笔锋一转，写道："道家说人体中有'三尸虫'。上尸叫彭倨，喜欢财宝；中尸叫彭质，喜欢美食；下尸叫彭矫，喜欢色欲。道家认为这三种尸都有害人体，故合称'彭尸'。我认为'彭尸'

具有'彭尸'之韵，因写'彭尸'一章，重述生平。整个彭李之交，就此走向落幕。"啧啧，以上两例，用典既符合对象的特定身份，讽刺又极其辛辣峻刻，索引附会，穿凿罗织，直若神来之笔，令人拍案叫绝。

<h2 style="text-align:center">五</h2>

李敖曾坐过两次牢，1971 年和 1981 年。狱中，他历经非人的凌辱刑囚、朋友的陷害出卖、弟弟的趁火打劫、情人的绝袂远去，以及终年不见阳光的孤独和暗淡。

然而，无论处境如何，在李敖的心田中，你很难掘到泪泉。哪怕他"肠虽欲绝"，却总是"目犹烂然"。我翻了十多本李敖的著述，兼及旁人写他的几本传记，好不容易才在一处见到泪痕。那是他第一次入狱之后，李敖披露心迹："虽然我在多少个子夜、多少个晦冥、多少个'昏黑日午'，噙泪为自己打气，鼓舞自己不要崩溃，但当十个月后，小蕾终于写信来，说她不再等我了，我捧信凄然，毕竟为之泪下。"

人说落泪是金，李敖的眼泪胜过黄金。

哭，是人类本能的宣泄。大丈夫并非不流泪。"长太息以掩涕兮，哀民生之多艰"，这是忧国的泪；"感时花溅泪，恨别鸟惊心"，这是离愁的泪；"两句三年得，一吟双泪流"，这是沥血的泪；"春蚕到死丝方尽，蜡炬成灰泪始干"，这是殉情的泪；江淹写《别赋》，渲染的是"横玉柱而沾轼""造分手而含泪"的悲郁；谭嗣同作《有感一章》，抒发的是"四万万人齐下泪，天涯何处是神州"的激愤；即便旷代英雄如毛泽东，他的笔下，也有"热泪欲零还住""泪飞顿作倾盆雨"之类的倾诉。奇怪，李敖分明是性情中人，他为什么偏生不爱堕泪？

李敖对此有高论。他说，人遇到触霉头的事，倒运事，本来就够凄惨的了，倘若再悲悲戚戚，哭哭啼啼，岂不等于助纣为虐，帮助灾难打倒自己？所以，此公愈倒霉愈不哭，不仅不哭，还化悲为喜，开颜绽笑，他要让灾星在笑声中颤抖。

你见过这般怡然自得的囚犯吗？有一阵子，李敖被关押在军法处八号牢房，那是间名副其实的斗室，人待在里面，连转身都很困难，简直是四处碰壁。李敖不以窄小为苦，反而以闭关为乐。当年达摩老祖修禅，也只是冲着一面墙，而我，竟四处冲墙，他想。恍惚中，常生出破壁飞升的烂漫。房间只有一扇小门，虽设而常关，与外界的一切联系，包括每天三顿饭、传递日用品、倾倒垃圾，都要趴下身来，通过贴地的一个小洞办理。换了旁的囚犯，肯定不堪其苦。李敖却别有情兴，他戏称斗室为"洞房"，遐想自己一年三百六十天，天天都生活在"洞天福地",俨然又有一种得天独厚的惬意。

王实甫《破窑记》中的李月娥说:"心顺处便是天堂。"李敖独居斗室,形单影只,日子多么枯燥、无聊啊。哪里,李敖才不那样悲观,他庆幸至少还有约会。冬天的中午,只要天气好,他总要腾出一个小时,安排接客。接待谁?对象不是人,也不是承载人类的地球,而是比地球大一百万倍的太阳。当太阳按时从房顶上的窗口洒进几块——注意,是几块!——小小的洞房,立刻泛起欢乐。阳光依次温暖水泥台,地板,然后爬上对面的墙壁;为了机不可失,光不再来,李敖把碗啊、筷啊、杯啊等用具,分开放在日脚巡幸处,然后自己也缩身挤将进去。阳光只有那么几块,而且稍纵即逝,不能像躺在沙滩上享受日光浴那般奢侈,只能像照 X 光,分批分部位地进行。冬天的阳光热力有限,看上去还是蛮多情蛮缠绵的。你想,它们从九千多万英里的高空张翅飞来,前后不过花了八分钟,就已经温柔地把你拥抱。这种陶醉感,尤其是对光与热这种细致入微的依恋,是他人无法领悟的。

能在无聊中剥出趣味,能在枯槁中觅见鲜嫩,这样的人,永远是生活的征服者。牢房的墙壁阴暗而污秽,李敖就买来两本稿纸,把它们统统糊上。如此一"装潢",光线自然比从前明亮。晴朗的日子,四面白墙,白得就像他空空荡荡的岁月。逢到阴雨天，湿气加重，稿纸吸足水分，纷纷鼓了起来，如同鬼斧神工的"浮雕"：有美女回眸，有妖怪斗法，有戴高乐的巨鼻，有硕大无比的香肠，有横行霸道的螃蟹，等等。总之，是任他编织想象，任他穿凿附会。李敖俯仰其中，自得其乐。

六

李敖自诩为"马克思加恩格斯"。别误会，别激动，这里丝毫没有调侃或亵渎，充其量，只是一个借喻。李敖当然谈不上是马克思主义者，虽然他承认马克思是大思想家。他的推崇恩格斯，也是侠义胜于信仰。李敖这里以马克思自炫，是因为他看到，这个世界需要在理论高地揭竿而起、呼啸而前的马克思，同时也需要在商海辛勤淘金、甘作后勤部长的恩格斯。马克思能在大英图书馆坐稳，恩格斯的资助力莫大焉。马恩配对，黄金搭档，天造地设，珠联璧合。李敖自视也是"经天"奇才，那么，谁是他的"纬地"搭档呢？换句话说，李敖绝对可以在文化领域冲锋陷阵、攻城略地，这他有自信；可是，谁来当他的管家，或经济保证人呢？这些年，台湾不乏财神，大的，小的，正的，邪的，圆的，滑的。但没有一个姓李，不，姓恩。没有人能及得上他李敖的眼光，因而，也不会有人充当他的后勤部长。李敖要想在这台湾岛上立于不败之地，只能是一身两役，一心二用，一而二，二而一，既当马克思，又当恩格斯。

李敖熟悉贫穷的嘴脸。大陆上的岁月，少不更事，就不谈它了。来台后，没少尝"一钱难倒英雄汉"的酸辛。记得在一中，班上组织假日游日月潭，他向爸爸要钱，爸爸说："我们早起刷牙，买不起牙粉，更买不起牙膏，只能用盐水刷牙，哪有钱供你郊游呢？"于是，大伙儿在日月潭、日月潭，他只好在家里遥望日月潭、日月潭。还是在一中，菲律宾举办童军大会，老师看他成绩好，要他报名应征，手续是先交一张头戴童军帽的相片。他没钱，没钱就拍不起相片。无奈找出在大陆的一张光头照，拿毛笔在头上画了一顶童军帽，忐忐忑忑地交差。可恶的老师，唯知愤怒他的弄虚作假，半点也不体谅他的囊中羞涩。于是乎，又是别人在菲律宾菲律宾，他只能在家里想入非非地菲律宾菲律宾。

那也怪不得老师，说到底，只能怪自己没钱。富兰克林说：口袋空的人腰杆挺不直。李敖口袋空空，就连帽子也飞不上头。枉有一腔抱负，自立尚且不能，又谈何改造社会？是以，李敖不屑作郊寒岛瘦的精神贵族，他出道伊始，就努力把知识转化成财富。李敖的赚钱途径，主要有三：一是抓写作，二是抓出版，三是抓诉讼。诉讼也能来钱？能。李敖精通法律，擅写讼词，打官司犹如胡适太太打麻将，总是胜多负少。国民党利用官司使李敖坐大牢，李敖却又利用官司为自己招财进宝，这也是儒林一大奇迹！除此而外，李敖也当过既劳心又劳动手脚的小商人。那是60年代中期，当他加盟的《文星》杂志遭到封杀、谋生变得艰难之际，便毅然作告别文坛、"下海"卖牛肉面的策划。关于这件事，他曾有信致余光中，信上说：

我9月1日的广告知你已经看到。"下海"卖牛肉面，对"思想高阶层"诸公而言，或是骇俗之举，但对我这种纵观古今兴亡者而言，简直普通又普通。自古以来，不为丑恶现状所容的文人知识人，抱关、击柝、贩牛、屠狗、卖浆、引车，乃至磨镜片、摆书摊者，多如杨贵妃的体毛。今日李敖亦入贵妃裤中，岂足怪哉！岂足怪哉！我不入三角裤，谁入三角裤？

大陆近年也有一批文化人勇敢入"海"，但像李敖这般洒脱、透彻而又谐趣的，尚且不多。余光中日后虽然屡遭李敖开涮，关系或趋紧张，当初两人的交情，应还在惺惺相惜之列。余氏收信，很快左手抓色，右手泼彩，贡献了一份堪与来函相媲美的广告词。余文是这样写的：

　　近日读报，知道李敖先生有意告别文坛，改行卖牛肉面。果然如此，倒不失为文坛佳话。今之司马相如，不去唐人街洗盘子，却愿留在台湾摆牛肉面，逆流而泳，分外可喜。唯李先生为了卖牛肉面而告别文坛，仍是一件憾事。李先生才气横溢，笔锋常带情感而咄咄逼人，竟而才未尽而笔欲停。我们赞助他卖牛肉面，但同时又不赞助他卖牛肉面。赞助，是因为收笔市隐之后，潜心思索，来日解牛之刀，更合桑林之舞；不赞助，是因为我们相信，以他之才，即使操用牛刀，效司马与文君之当垆，也恐怕该是一时的现象。是为赞助。

　　格于环境，摆牛肉摊的事，李敖只完成了马克思的那一半——从理论到理论；而恩格斯的那一半——经营，是改由他的朋友去实行。李敖不甘只作口头革命家，最终还是"下海"当了一阵倒腾二手货的电器商。小本经营，大处落墨，自给自足，自得其乐。一次卖冰箱给大导演李翰祥，送货上门，被李太太撞见，李太太大惊小怪，说："大作家怎么当起苦力来？"李敖粲然一笑，答："大作家被下放了，正在劳动改造啊！"

经济自立，使李大侠长袖善舞，左右逢源；他前年曾拍出一百多万美元助慰安妇，一时震动多少人心。而话语独立，更使他拥有连李登辉也要望之生怵的金属质感和杀伤力。

七

李敖不是堂·吉诃德，他比谁都清楚，在一个专制统治下的孤岛，以个人之力挑战社会，注定了是一场悲剧；最侥幸的结局，也不过是"与子偕小""与子偕亡"。然而，李敖之为李敖，就在于他把一场不可逆转的悲剧，不断导演成卓别林式的喜剧。这才是大本事。这才是大造化。明朝末年，姑苏才子汤卿谋说人生不可不具三副眼泪：第一副，哭国家大局之不可为；第二副，哭文章不遇知己；第三副，哭才子不遇佳人。李敖绝不哭，他遇到不如意的事，不但没有三副眼泪，连一副也没有，连一滴也没有，有的只是顽童般的哈哈一乐。最典型的，莫如坐牢。别人把牢房当作地狱，他却把牢房看作锻炼火眼金睛的老君炉。因此，尽管失去自由，他每天仍然只睡五六个小时，凌晨三点即起，从不午睡，干什么？看书，思考，写作。你掐断书籍供应线，什么也不准看。行，算你独裁。可是《三民主义》总是可以看的吧？《蒋介石集》总是可以看的吧？狱方说可以。于是，他就有了一大堆狗屁书。他特意选择坐在马桶上阅读的姿势，那叫以臭对臭，以毒攻毒。攻来攻去，他竟成了专家。更妙的是，他居然从中偷得不少"天机"，这些为他日后的"以国民党之矛，攻国民党之盾"，大揭国民党的老底帮了大忙。难怪李敖要说"天下没有白坐的黑牢"。对他来说，也是"天下没有白读的坏书"。

在李敖书房

然而，一场演成喜剧的悲剧，在本质上，依然是悲剧。李敖批评胡适，说他不该为琐事虚掷大有为的精力。同样有人据此批评李敖，说他不该抱定"与子偕小""与子偕亡"，而应该珍惜才华，为社会撑起更高的天幕。

这就涉及他的时代坐标与历史定位。

毫无疑问，李敖是属于台湾的，他的钻石般的熠熠光辉，是从这个岛屿发出的。别听他总说："我是一个正确的人，活在了一个错误的地方。本来是要去西天取经，结果却沦落成东海布道，并且布得天怒人怨。"又说什么："我根本不属于这个时代、这个地方，就好像耶稣不属于那个时代、那个地方一样。我本该是五十年后才降世于大陆的人，因为我的境界，在这个岛上，至少超出五十年。我同许多敌友，不是'相见恨晚'，而是'相见恨早'。今天的窘局，只是他们妈妈小产和我妈妈早生的误差。"其实，除了脚下这个岛，哪儿又是他李敖正确的地方呢？"西天"吗？那就请去"西天"好了。对他来说，并不是没有机会。他的长女早在美国安家落户，他在美国的三姐，也早已帮他争取到移民名额。其他还有各种组织各式人物出面帮忙。李敖铁定不去。为什么？因为他肚里透明：耶稣假若不生于他那个公元一世纪、他那个犹太伯利恒，就不成其为耶稣；自己假若不生于这个时代，这个大陆、海岛，也就不成其为李敖。英雄是活在历史的一切既成事实，而不是活在历史的假设。所以，他要留在台湾不走，以一个"文化基度山"的身份坚守阵地。在这一点上，他比伏尔泰硬气，比拜伦清醒，比大仲马决绝，他是决意忍它百年孤寂，傲然千山独行，与敌手周旋到底。

李敖打算就这样斗斗斗一直斗下去吗？嗯，看起来，战略大体不变，战术却也在不断地调整。譬如，我们读他1997年写的"回忆录"，可以看到他的检讨。他说："我的悲剧是总想用一己之力，追回那浪漫的、仗义的、狂飙的、快行己意的古典美德与古典世界，但我似乎不知道，这种美德世界，如果能追回的话，还得有赖于环境与同志的配合，而20世纪的今天台湾，却显然奇缺这种环境与这种同志……"读他1998年写的《快意恩仇录》，可以看到他对文化事业的重新定位："你不必对陨石做什么，如果你不与陨石同碎"，"还是做你的世界性普遍性永恒生命性的工作吧"。倘若问：什么才是他世界性普遍性永恒性生命性的工程呢？李敖回答就是清算一切人类的观念与行为，并做出结论。哇，这个题目好大！有人责疑：那你不成了上帝，不成了最后审判？！李敖解释：这不一样。上帝是从创造人类开场，到审判人类落幕，他管的是一头一尾；而我，是从中间杀出，负责清场，凡上半场发生的一切，都在甄别、核定、清理之列。所以，上帝尽可在最后审判我，但在那一天没有到来以前，我却要清算一切，包括上帝先生在内。——怎么这牛皮越吹越大，刚才还是五十年来五百年内的中国文坛，转眼就扩展到整个人类、全部发展史？！是吗，对别人，可能是这样，对他李敖，却不必这么看。到这份上，你总该明白，预支五百年新意也好，预画五千年、五万年蓝图也罢，只不过是李敖的一种脉冲式思维，一种煽情风格。李敖的所谓第一云云，客观说，应是人格凌驾学识，斗志超越才华。至于文章，即便在他最为自负的白话文领域，他也称道过唐德刚、柏杨，认为两人的有些文章写得比他还好，足见其尚不乏自知之明。因此，对于李敖预言的惊世大作，我们不妨拭目以待。但同时，我却要强调：李敖的存在本身，未尝不是一篇恣情率性的白话文，值得他的一切亲者、仇者好好鉴赏、剖析。质之海内外方家，不知以为然否？

魔鬼再访钱锺书先生

"自从那晚在湘西宝庆一晤，一晃就过了六十年了。"魔鬼望空弹了一下右指，小院遂起了金属的爆鸣。"当初你是多么英迈凌厉，光焰万丈，没想到转眼就灰飞烟灭，羽化而与我辈为伍。岂不正应了你那句箴言：目光放远，万事皆悲。"

"当然，前番见面我就已经声明，至少是暗示，你的灵魂并不归我保管，而是由上帝收存。上帝顺应民意，特地为你单独设了一处天堂：文化昆仑。你别皱眉，我知道你并不喜欢那座仙山；从一开始就不喜欢，打骨头眼里。但是，世上的事，就有这怪，你越不想的，它越来。为了这光环那冠冕的不期而降，你曾和几位老友闹翻了脸；你甚至向他们抗议，说：昆仑山快把我压死了！人家才不管你呼吸促不促，血压高不高，到头来，隐身适成引目之具，自障偏有自彰之效（这结局你早就了如指掌），你愈是躲避，人家愈发认为你谦虚，愈要敕封你为昆仑山神祇。你那个山头噫吁戏危乎高哉！我辈魔啊鬼的无福登临。今天，我是来无锡谈单生意——你老先生明鉴，打醮祭鬼的营生落不了几个小钱，无法养家糊口，本魔我早就撂挑儿不干啦——无意中经过这所钱氏祖宅，听得院内有咳唾随风，辨声音像你，因此拢进来瞧个仔细。可不正巧是你！"

"你的听觉真灵！"钱锺书眯起高度近视眼，打量不速之客，飘忽在斜风细雨中的是一位高额之髯、黑袍宽袖的老头儿，倘若把袍子的颜色改成白的，就有点像徐志摩笔下的泰戈尔。他这么想时，来客的黑袍瞬间转化为白袍，于是他明白了这不过是魔鬼的化身，便转而走上前一步，拱拳表示欢迎。他说，他的讲话起初带有绵软的吴音，讲着讲着又改为京腔："其实，这座老宅，我也有六十多年没来过了。最后一次，是与杨绛同来。我们是在苏州举行的婚礼，然后回家参见父母。传记作者多数苏冠锡戴，愣把婚礼改在无锡举行。本来，事情过去了这么久，他们又没有问过我，或杨绛，出错也是难免。祖上在无锡，总共有三处旧宅。这一处，从前叫'七尺场'，眼下叫'新街巷'；另外两处，已融入沧桑巨变。关于这一处，我也向无锡市政府打过报告，要求拆除，坚决不留话柄。但是有人硬要留着建纪念馆，根本不尊重我的意见。唉，你说他们是为了我，还是为了谁？如今阴阳隔世，说啥也不管用了。这院子长期被一家衡器厂占用，前不久他们搬家，把家具什么的都带走了，连条凳子也没剩。因此，害得您老人家今晚暗临，也只能干站着。老人家不嫌弃，请就在这台阶上坐一会儿吧；外面雨愈下愈大，免得淋坏了身子。"

"这雨下得离奇，太湖水一个劲地猛涨。"魔鬼也不客气，他用袍袖轻轻拂拭一下台阶，然后大大咧咧地落座，四面观察一番，说，"吓，你这房子，够老够破的了！叫我几乎不敢认。亏得前面墙角'钱绳武堂'四字还在，这才唤醒记忆。不瞒你说，那次在湘西，我假作'醉眼迷离'，'错走进了你的屋子'之前，就悄悄来过你这老家；这就好比大作家写文章，事先翻了很多书，准备好若干张资料卡片，下笔之际，却要故作随意地说'写到这儿，忽然想到……'，借以炫耀自己的博学。这技巧后来被你学去应用在《围城》里，譬如孙柔嘉使计捕获方鸿渐，她每次去男教员宿舍找他套近乎，明明是寤寐求之，刻意为之，却总要装作不过是偶尔路过，顺便进来说几句闲话。噢，我记得这前门口有过一副砖刻对联，是令尊大人的手笔，如今不知还在不在？写的是：'文采传希白，雄风劲射潮。'文绉绉的，很不好懂，总之都是你们钱家祖上的盛事。大厅还有一副抱柱楹联，是南通张謇张状元的手笔，这老爷子确实厉害，他仿佛早就预见到你的前程，因此直截了当地以司马迁、钟嵘作喻，楹联说：'金匮抽书，有太史子；泰山耸桂，若颍川君。'……"

"失敬，失敬！你老人家的记忆倒是蛮棒的嘛！"钱锺书低眉微笑；那神态，令人想起画家高莽一幅著名的速写。

"过奖。你的记忆才真正叫棒！恺撒能记住麾下三万大军每一个人的姓名，你比起他毫不逊色。我真奇怪，科学家为什么没有把你的大脑拿去解剖？"魔鬼盯着钱锺书手中不知何时多出的半截铅笔，像在琢磨一件新式武器，转而又说，"上帝对你真是太宠爱了。现在，你应该掌握上帝差你入凡的全部秘密了吧。上帝让你投胎于江南名门——而不是寒门；落地就过继给伯父——小小年纪便识得人世悲欢；抓周抓中一本书——为以后取名锺书预作铺垫；小学作文就出类拔萃，一鸣惊人——老师给的评语常常是眼大于箕、爽若哀梨；中学时更是眼高于天，目空凡尘——天才多数都是这个德性；大学进的是清华外文系——而不是国文系；留欧攻读的是西洋文学——而不是东方文学；归国后七转八转，最终又转回中国文学——而且是古典文学；凡此种种，都是上帝的神来之笔！犹如唐玄奘的西天取经，着眼点还是光大东方文明；又犹如宇航员的探索外太空，归根结底还是张扬地球人的梦想。"

"承教，承教。"钱锺书拿铅笔虚指着魔鬼的鼻梁，改用英语说："我要早晓得是上帝在背后安排，肯定就偏不搞古典文学。"

"迟了，迟了。"魔鬼露出夸张的狡黠，"人类至今还不会破译上帝的密码。我么，虽然被上帝贬在地狱，毕竟也是'堕落的天使'，'黑暗王子'，若印名片，也摊得上填个'前六翼天使'或'上帝原助理'之类的头衔，多少识得上帝的能耐。上帝在你未生之际，就把你一生的程序都设计好了，那情形，就像目前市面上出售的电脑软件。我前面说到，你青少年时就锋芒毕露，头角峥嵘，一路走过去，自然要刺痛很多人。笋要出头，就得拱破地面，锥要脱颖，就要戳烂口袋，这也是没办法的事。坊间流传，你在清华曾得罪多名教授，在西南联大又说过'叶公超太懒，吴宓太笨，陈福田太俗'之类伤人的狂言。前一点已经坐实，想你也不会抵赖。至于后一点，情况就复杂化了。目前，若干敬爱你的人，包括杨绛，纷纷出来辟谣，认为莫须有，纯属泼脏水，污蔑。真实如何，我想你自己知道，上帝更知道。不过，这不重要。非常之不重要！若按我辈魔鬼理解：没说，就拉倒；万一说了，又怎样？真的，无非是更像钱锺书！才子出山，必然白眼朝天，张狂兀傲；这也是成长的需要。大凡厚重厚道之举，多在阅尽沧桑、淡漠声名之后。唔，你那年在《宋诗选注》点评王安石，指出他的得意之笔'春风又绿江南岸'中的'绿'字，涉嫌抄袭唐人。证据是：'绿'字的这种用法，唐诗中早见而且屡见，以'博极群书'自负的王安石不会没看过；因此，他很可能是'自觉不能出奇制胜，终于向唐人认输'。荆公九泉闻知，竟掀髯微笑，丝毫不以尔为忤。倘依他年轻时的拗脾气，怕不在梦中扯了你同见包拯，告你个损害名誉罪和鞭尸罪！世事波诡，人心云谲，个中机关，令尊大人堪谓老马识途。因此，他既为你取名'锺书'于前，又为你改字'默存'于后。默存，默存，以默获存。他早看出你的任意臧否、逞才使性是处世大忌，预先告诫你遇事应三缄其口，全身远害。"

钱锺书仰首向天——老父钱基博当年的种种教诲一齐奔聚而来——"那时我还懵懂。"他说。"懵懂"一词，用的是法语。

"你当然懵懂；少年人没有不懵懂的，要不怎么说'天真未凿'呢。"此时，檐外雨脚渐粗渐密，魔鬼试探性地把手掌伸向半空，仿佛在承接暗中落下的粟米，"老子的话，儿子是很难一下子就领会的，它需要实践的不断催化、贯通。譬如说，写《围城》的当儿，你正是血气方刚，壮志凌云，好比留学归来的方鸿渐，压根儿就不屑把他老子方遯翁的处世宝训放在眼底。直到后来写另一部长篇《百合心》，写着，写着，才猛地生出几分小心。"

"说到《百合心》，那真是无法弥补的遗憾。"钱锺书被触痛心事，语气间多了几分沉重。"本来已开了一个很好的头，1949 年搬家，从上海搬往北京，偏生把手稿弄丢了。我真怀疑是魔鬼的恶作剧！哎呀，你老人家别误会，在下绝不是指桑骂槐，这只是人类一个惯用的说法，把无法测度的坏事统统诿过于魔鬼。你能理解？你能理解就好！说实话，如果手稿不丢，我会继续把它写完；我相信它一定比《围城》更精彩。"

"哈哈，你这话可以蒙别个，却蒙不了我。"魔鬼霍地从台阶上蹦了起来，禁不住手舞足蹈，得意忘形，不觉就露出了三头六臂的魔相，但那只存留了瞬间，随即又恢复了诗哲式的优雅造型。他一边说一边又坐回原处。"关于《百合心》手稿丢失的事，你在国内外发表过多次谈话。我冷眼瞧去，就像看一部配音毛糙的翻译片，讲话和口型总是对不起来。譬如那字数，在日本京都大学座谈，孔芳卿记录的是两三万字，在美国哥伦比亚大学座谈，夏志清记录的是三万四千字，在北京寓所接待采访，彦火记录的却是两万字，以你向来之精细，前后不应有这么大的误差？丢失的途径也不一致，对孔芳卿只笼统地说'不幸丢失'，对夏志清讲是'凭邮寄竟遭遗失'，对彦火讲'当时乱哄哄，把稿子丢了，查来查去查不到'，1980 年在《围城·重印前记》中，又说当日'手忙脚乱中，我把一叠看来像乱纸的草稿扔到不知哪里去了'。如此圆枘方凿，自相矛盾，是十分违反你的风格的。你这种'粗心大意'，不要说以诱人犯罪为天职的吾辈，不会轻信，就连崇拜你崇拜得五体投地的夏志清老先生，也觉得大大'出乎意料'。你问我怎么想？我么，恕我放肆，我猜很可能被你主动'灭迹'了。你没有发疯，你只是预感到文字狱的威胁。一部《围城》，虽然给你带来大作家的声誉，却也潜伏着无穷的危险，它尔后在长达三十年的时间内，一直被压在阴山脚下，不见天日，就是明证。因此，如果你在《围城》之后，进一步发挥你的讽刺天性——你的所谓'比《围城》更精彩'，断断脱不了淋漓尽致的冷嘲热讽、明揶暗揄——难保不带来政治上的灭顶之灾。你警觉了。于是快刀斩乱麻，干脆来个'生不见人，死不见尸'。喂，我这么说，没有冤枉你吧？"

"你想向我逼供？"钱锺书哈哈大笑。曳着笑声的余韵，夜空划过一道金蛇似的闪电，跟着就炸响一串惊雷。

雷声歇处，刚好又听得钱锺书的最末一句笑骂："你呀，你真是魔鬼！"

"不知阁下这是正面的夸奖，还是反面的赞美？"魔鬼起初被响雷炸得跳离台阶，在雨箭中呼啦啦转了十几个圈子，然后才抚摸着胸口，慢慢地停下。"说到乖觉、警醒，你可是比我强出百倍。我有时都觉得不可思议，以你那种口无遮拦的狂傲劣性——《围城》姑且勿论，光《人·兽·鬼》中一个短篇小说《猫》，据说你就拿它影射讽刺了梁思成、林徽因、罗隆基、林语堂、周作人、赵元任、沈从文、朱光潜等一大帮社会名流——竟然于某天早晨，效老僧入定，金人缄口，幡然学乖，立地成佛；就像高速旋转中的陀螺，说停就停，不带一点前冲的惯性，这要多么大的定力！倒是令尊大人自己，1957年老马失蹄，被'阳谋'引蛇出洞，招致不堪回首的坎坷。"

魔鬼的条分缕析，侃侃而谈，令钱锺书大为惊讶。他想这世界果然变化快，才星移斗转几十春，连魔鬼也似乎通了人性；他还在想……但是魔鬼打断了他的思路。

"上帝不会白差你进入人世一回，"魔鬼谈兴未衰，"天生奇才必有用。你的成就，前有《围城》《谈艺录》，后有《宋诗选注》《管锥编》。当然，价值最大的，是《围城》《管锥编》，一部《儒林外史》式的讽喻小说，一部百科全书式的读书札记。很多人称赞《围城》，因为它好看，而且百看不厌。相比之下，《管锥编》就乏人问津。不是它不值得看，而是无法看懂。正如房龙说的那样，在笛卡尔、斯宾诺莎生活的年代，他们有充分的理由把自己的著作写得模糊朦胧，从而使得他们的敌人难以理解和歪曲，这一点你也做得非常成功。你用古奥的文言筑起一座学问的'围城'，存心要把许多人，自然也包括许多是非拦在城外。侥幸闯过文言关的，你又要用渊博和睿智来测验他们的天赋。倘若把《管锥编》比作宝山，你拒绝才薄如纸的登山者，才厚如书也不行，你要求他们的才具至少要如一柄开山斧，一包烈性炸药，这样，才不至于两手空空一无所获。在方兴未艾的'钱学'热潮中，也有不同的声音，问题集中在你采用的形式：读书札记。让人感觉是万川分流，散珠未串，缺乏完整的体系。这是尘世的纷争，我辈魔鬼没有义务表态。但我辈看得清楚，《管锥编》酝酿于'文革''大寒纪'，这事实本身就足以石破天惊。再说，那是一个容许文人学士建立自己学说的年代么？遑论构造体系？！既然明知不可为，而你又执意要干，于是，审时度势，鉴往察来，你就取了现在的架构。这是你比较熟悉的空间形态，也是一种打不倒、攻不破、消不灭、摧不毁的空间形态。表面上的无体系，正暗含着独特的体系，即所谓千里绝迹，百尺无枝……"

"等等，"钱锺书迫不及待地拦截下魔鬼的叙述。他此刻不仅是惊讶，简直还怀疑身在前尘的大梦。他记起那年在湘西初见，魔鬼整个儿表现得像一只乱拱的刺猬和一条腌过了劲的老黄瓜，其愤世嫉俗、尖酸刻薄，至今想起，还忍不住要脚心发怵，头皮发麻。魔鬼当日的即兴发挥，尔后被好事者统统安到自己的名下，变成钱某人阴阳怪气、玩世不恭的铁证。而眼前的魔鬼呢，却分明成了知情识理、中正允和的长者。"你老人家如今豁达多了，想必是年龄在起作用？"钱锺书停了一下，又说："看来也读过我的不少书？"

"豁达谈不上，岁数愈来愈大倒是真的。"魔鬼煞有介事地拂弄着银色的胡须，眉下抖动起两朵冷幽幽的黑焰，说："你们写文章，画画，写字，总爱说'绚烂之极归于平淡'，把平淡当成最高境界。其实，满不是那么一回事。花绝对是怒放的美，舞绝对是'霓裳羽衣'胜于'小放牛'，历朝历代的传世文章，绝对是文采斑斓的胜过文采枯索的。所谓平淡乃更高一个层次云云，多半是老年人的自辩。人老了，体力、精力、活力都跟不上，激情的羽翼、想象的翅膀再也不能如从前那样自由自在地飞翔。但他们有地位，有威信，有话语权，于是，就制造出诸如此类的高论，为自己枯竭的才思贴金。孔夫子说'六十而耳顺'。人老了，洞悉世情，看穿利害，任你说什么，他都无动于衷，不予计较，这是其一。但绝不是唯一。'六十而耳顺'的另一面是，人老耳背，你说什么，他都听不明，听不真，因此自然就不拿你说的当一回事。你笑什么？笑我班门弄斧？哦，对不起。现在回答另一个问题。你刚才问我是不是读过你的不少书？哪里，我们魔鬼不读，只偶尔用鼻子嗅一嗅。用你老先生的话讲，人的视、听、触、嗅、味五觉，可以互通或交通，也就是感觉移借。这本领，不是吹牛，我辈个个是天生的大师。蒲松龄记录的那个以鼻嗅文的瞽僧，习的就是我辈的末技。在人类是不学无术，在我辈则是不学有术。我辈就凭嗅。从阁下的著述，我还嗅出了一种风骨。你说'风骨'这词不应出于我们魔鬼之口？好吧，那就称它为'铁质'。我想说的，你大概也能猜出。在阁下生活过的这块土地上，从古以来，就存在着一种病态的游戏规则：热衷折磨男子汉，尤其是那种真正意义上的男子汉——这倒有点像普洛克路斯忒斯的那张铁床——试看历朝历代的冤鬼枉魂，多数莫不是因阳刚致祸。倒是娇小柔弱的妇女，一步一步得到了解放。难怪世人要惊呼阴盛阳衰！而在你的身上，却始终活跃着纯男的基因。你……"

"啊呀，又来了，又来了！"钱锺书警惕地扬起浓眉，讲话也不由得转成吴侬软语。他这才记起了魔鬼的本性，连忙检讨是否在不知不觉中又中了他的什么圈套。"我早说过的呢：'福过灾生，誉过谤至——这是辩证法的规律。'所以最不喜欢人家给我戴高帽。现在，连你魔鬼都赶着吹捧我，天地的讽刺真是到了极顶！哦，你今天追踪我到这儿，不会是无缘无故的吧？你还有什么话，就快讲。我马上就要离开。去哪儿？反正不是去昆仑山，更不是奥林匹斯山——具体保密。"

"别急，下面说几点你爱听的。"魔鬼望风扯旗，顺流转舵；要不怎么配称魔鬼！他说："上帝虽然万能，依我看，并不是绝无败笔。比方说，第一，你老先生的脾气，就显太冷，对芸芸众生，甚至包括你的长辈与师友，缺乏必不可少的理解与同情——这恰恰也是中国文化的一大弊病！——你的种种怪僻与乖僻，也都由此而产生。第二，你老先生过目不忘，属于西方人所说的'照相机式的记忆'。记忆太强，也有副作用，当年盛澄华就曾对人说：'钱锺书说的话好像没有一句是他自己的'……"

说到这儿，魔鬼突然来个紧急刹车，像钓客拽着上了钩的鱼儿，在水面来回转悠，并不急于拎出。"你很感兴趣，是不是？你既然感兴趣，我就不说了。关键时刻卖关子？没错，就是这么回事。本魔专门批发真知灼见，但等对方出个好价钱。你不买？真的不买？！那么，再见！湖上有谁在叫我，听声音像是陈寅恪、吴宓，还有但丁、歌德、啊哈，承他们情，他们都是说好了要来为我饯行。"魔鬼三蹦两蹦地跳到院门，又踅回数步，压低嗓音，故作神秘地说："我很快就要离开地狱，你没有想到吧？这是天机，不妨先透露给你。反正你已魂归道山，不会再泄露给阳世。除非托梦，那玩意儿世人又不信。喏，实话告诉你，自从那年在湘西拜会阁下，一篇《魔鬼夜访钱锺书先生》的散文，让我名动三界，大黑大漆。上帝爱我鬼才出众，魔法无边，天恩大开，特赦我于近期脱离苦海，也到人世走它一道。上帝说了，如果表现出色，将来还有机会重返天国。我么，嘿嘿，咱暗鬼不打诳语，今晚找你，实在是有一事相托。你不用张皇，这事不会耗费你多少精力。阁下最近若有机会见到上帝，只要代我向他提一个小小的要求，喏，就是跟他说无论如何，也不要让我成为'钱锺书第二'！当然，当然，我同时已通过当值天使向上帝反映。我想你本人再去说一次——你比谁都更拥有这种权利——效果会更好。你老先生明鉴，我辈魔鬼虽然低人一等，亦有魔格；将来入世，也自有人格。你想，千修万磨，好不容易才挣来个圆颅方趾顶天立地，万一上帝开玩笑——上帝常常是令魔鬼捉摸不透的——罚我终生跟在你老先生的屁股后面收拾脚印，那有多晦气！"

魔鬼说罢，郑重道声"拜托"，随即身影一晃，出了院门。钱锺书望着魔鬼的去路，若有所悟，他从蓝色中山装的口袋掏出笔记本，在上面写道："新版《魔鬼辞典》，绝佳批评——找一些不明不白的人，写一些不明不白的表扬文章；绝佳表扬——找一些不三不四的人，写一些不三不四的批评文章。"写罢，轻轻摇头，拿笔在上面打了一个×。想了想，又用一连串的圆圈把它勾回。并接着在后面写道："文章究竟如何，后世自有识者。当代人碍于利害得失，评价多作不得准；即便是地狱的魔鬼，也不例外。"

钱锺书又在小院略作逗留，仿佛重拾儿时的旧梦。然后化作一股清风，悠悠荡荡地飘去。他俩，一个想必前往太湖舟上，和老友切磋转世为人的战略部署，一个大概仍回他的仙山洞府，啊，不！八成是仍回他的荒江野老之屋。

且看滚滚红尘，又将上演新一轮的"围城"。

文天祥千秋祭

令我怦然心跳的，是他已活了七百多岁。七个多世纪，一个不朽的生命，从南宋跨元、明、清、民国昂昂而来，并将踏着无穷的岁月凛凛而去。他生于公元 1236 年。当他生时，"直把杭州作汴州"的临安朝廷，已经危在旦夕，人们指望他能挽狂澜于既倒，扶大厦之将倾，然而，毕竟"独柱擎天力弗支"，终其一生，他没能，也无法延续赵宋王朝的社稷。他就在四十七岁那年化作啼鹃去了。当他死时，不，当他走向永生，九州百姓的精神疆域，陡地竖起了又一根立柱，虽共工也触不倒的擎天玉柱。

他是状元出身，笔力当然雄健，生平留下的皇皇笔墨，正不知有凡几。只是，真正配得上他七百多岁生命的，则首推他在零丁洋上的浩歌。那是公元 1279 年，农历正月，他已兵败被俘，恰值英雄末路，在元军的押解下，云愁雾惨地颠簸在崖山海面。如墨的海浪呵，你倾翻了宋朝的龙廷，你噬碎了孤臣的赤心。此一去，"百年落落生涯尽，万里遥遥行役苦"，"以身殉道不苟生，道在光明照千古"。无一丝一毫的张皇，在这生与死的关头，他坦然选择了与国家民族共存亡。但见，一腔忠烈，由胸中长啸而出，落纸，化作了黄钟大吕的绝响。这就是那首光射千古的七律《过零丁洋》：

辛苦遭逢起一经，干戈寥落四周星。

山河破碎风飘絮，身世浮沉雨打萍。

惶恐滩头说惶恐，零丁洋里叹零丁。

人生自古谁无死？留取丹心照汗青！

假如文天祥在这时候就死去，结局又会怎样？毫无疑问，他是可以永生的了。南宋遗民清楚这一点。所以，他的战友，庐陵人王炎午，才在他被押往北方的途中，张贴了数十份《生祭文丞相文》，疾呼："大丞相可死矣！"敦促他舍生取义，保全大节。他自己又何尝不明白这一点。因此，一路上才又是服毒，又是绝食，自谓"惟可死，不可生"。然而，且慢——打量历史，我们只能作这般理解——日月还要从他的生命摄取更多的光华；社会还要从他的精神吸收更多的钙质；盘古氏留下的那柄板斧，需要新的磨刀石；长江和黄河，渴求更壮美的音符。一句话，他的使命还没有结束。于是，同年十月，他就在一种求死不得、欲逃又不能的状态下抵达元大都燕京。

二

在北地，考验他的人格的，是比杀头更严峻的诱降。诱降决无刀光剑影，却能戕灭一个人的灵魂。但见，各种身份的说客轮番登门，留梦炎，就是元人打出的第一张"王牌"。

留梦炎是谁？此公不是凡人。想当初，他和文天祥，曾同为南宋的状元宰相。然而，两人位同志不同，就是这个留大宰相，早在公元1275年的临安保卫战中，就伙同内奸陈宜中，暗里策划降元。为此，他极力干扰文天祥率军驰卫，而后又弃城、弃职逃跑。待到临安沦陷，他又拿家乡衢州作献礼，摇身变成元朝的廷臣。

留梦炎一见文天祥，就迫不及待地推销他的不倒翁哲学。他说，"信国公啊，今日大宋已灭，恭帝废，二帝崩，天下已尽归元朝，你一人苦苦坚持，又顶得了什么用呢？那草木，诚然还是赵家的草木，那日月，却已经是忽必烈大汗的日月了。"

天祥转过身去，只给他一个冷背。真的，你让葵藿如何与狗尾巴草对话？你让铁石如何与秽土论坚？留梦炎之流的后人对乃祖的投降哲学又有发挥，最形象，最直白的是"有奶便是娘"。岂知这种"奶"里缺乏钙质，他们的骨头永远不得发育。此辈精神侏儒，哪里识得文天祥的"千年沧海上，精卫是吾魂！"哪里配闻他的"人生自古谁无死？留取丹心照汗青！"

不识相的留梦炎仍然摇唇鼓舌，聒噪不已。天祥不禁怒火中烧，他霍然转身，戟指着留梦炎痛骂："你今天来，就是给我指这条出路的吗？你这个卖国卖祖卖身的奸贼！你，身为大宋重臣而卖宋，可是卖国？身为衢州百姓而卖衢州，可是卖祖？身为汉人而卖汉节，可是卖身？"

"你、你、你……老夫本是一番好意，你不听也罢，凭什么要血口喷人？"留梦炎饶是厚脸昧心，也搁不住文天祥这一番揭底剥皮，当下脸上红白乱窜，低头鼠窜而去。

九岁的赵㬎，堪称是元人手里那种不带引号的王牌。这位南宋的小恭帝，国隆的日子没有赶上，国破的日子似乎也不觉得太痛苦。同是亡国废帝，南唐后主李煜的是"春花秋月何时了，往事知多少"，只怕他是既不识梦寻，也不懂悲怀。元人想到了杠杆原理，想着废物利用，比如，现在就让他以旧主子的身份，出面劝说文天祥归顺。古话说一物降一物，你文天祥不是最讲忠君吗！那么你看，这会儿是谁来了？

文天祥料到元人会有这一着，怕的也就是这一着。因此，思想上早做好了准备。他没等赵显走上会同馆的台阶，赶紧跨出门槛，来个先发制人。但见他抢前数步，挡住赵显，然后南向而跪，口呼"臣文天祥参见圣驾"，随即放声痛哭。小皇帝被这突如其来的哭声闹懵了，傻乎乎地站在那里，说不出一句话。

天祥这一场大哭，本是策略，旨在让故恭帝无从开口。但他哭着哭着，想到今日幼主为人所制，竟不自知，而自己和千万忠臣义士浴血疆场，抵死搏战，还不就是为了保卫赵宋江山！一时心中涌上万般酸楚，不由动了真情，遂跪地不起，长哭不已，并且一迭声地泣呼："圣驾请回！"

赵显这边慌了手脚，越听哭声心里越发毛，早把元人教给的言语，忘了个一干二净。少顷，又搁不住文天祥的一再催促，便乐得说声"拜拜"，转身回头，辚辚绝尘而去。

劝降招安活动并没有就此止步。这就要谈到元世祖忽必烈——也就是那位"一代天骄"成吉思汗的孙子。平心而论，忽必烈也称得上是一代枭雄，他不仅识得弯弓射大雕，还尽懂得治理天下。且说眼前，他就深知接管汉室，光凭蒙古人的力量，是不能畅达无阻的，须得借助汉人，实行"以汉治汉"才行。而在汉人中，最具号召力、影响力，因此也最能帮他巩固统治秩序的，当数文天祥无疑。所以，天祥愈是不屈，他就愈想招安。留梦炎、赵显两番碰壁，这一次，他就转派中书平章政事阿合马上阵。

胜利者多的是淫威。此时不耍威风，更待何时！阿合马在一干僚臣的簇拥下，趾高气扬地来到会同馆正厅，着人传文天祥。

一会，文天祥从容步出。他虽然衣单形瘦，眉宇举止仍不失大国之相的雍容。天祥站在厅内，以宋朝官礼向阿合马行一长揖，随后泰然入座。

阿合马眯缝着眼打量文天祥，恶声问："姓文的，知道是谁在跟你讲话吗？"

天祥微微一笑："听人说，来的是宰相。"

"既知我是宰相，为什么不下跪？！"

天祥扬了一扬眉："我是南朝宰相，南朝宰相见北朝宰相，彼此彼此，哪有下跪之理？"

"嘿嘿！你既是南朝宰相，又怎么到这儿来的呀？！"阿合马抖抖朝服，晃晃珠冠，戏谑地发出一阵嚎笑。

天祥面如闲云，待阿合马笑够了，笑不下去了，才盯住他的眼：

"老实告诉你，南朝要是早用我为宰相，你们一定打不到南方去，我们也不会落到这个地步！"

阿合马先是被天祥盯出一阵寒颤，接着又被他的回答激得恼羞成怒，无奈辞拙，找不出话来反驳。试想，大草原的马背上摔打出来的将军，总共才读过几行书，论说理，哪里是江南士子的对手。何况他今天面临的又是彻底陌生的语言和行为系统！阿合马没了辙，只好抛出撒手锏："老子不跟你斗嘴皮。你要晓得，你的性命，可是捏在老子的掌心！"

这又显出了阿合马的浅陋。像文天祥这样的一代奇男，是杀头所能吓趴的吗？！岂不知"高人名若浼，烈士死如归"！文天祥固然无法预见，七百年后有个叫毛泽东的，把太史公司马迁"人固有一死，或重于泰山，或轻于鸿毛"的箴言，定音为人品人格的最高层次。不过，他在缧绁之中，倒是常拿了这几句诗勉励自己："千年成败俱尘土，消得人间说丈夫"，"一死鸿毛或泰山，之轻之重安所处"！

天祥听罢阿合马的恫吓，果然昂首挺胸，一脸不屑："要杀便杀，说什么捏在你的掌心不掌心！"

消息反馈给忽必烈。这位元朝的开山始祖，眼见诱导不成，威逼也无效，但他仍不死心。这就见出了他的目力，一代政治家的战略巨眼，同时也折射出一个饶有深意的现象：在人类的发展史上，在权力的高地，往往是那些敌对派别的首领，也就是对峙的双峰，才更为了解，更为识得对方的价值。

忽必烈心生一计，下令将文天祥拷上长枷，送入兵马司囚禁。为了耗蚀文天祥的锐气，消磨他的精神，还规定不准带一仆一役，日常做饭、烧茶、洗衣，乃至打扫园林，都要他自己动手。

一月后，他们估计文天祥肯定经受不了这番折辱，想必已经回心转意，于是让丞相孛罗亲自出马，伺机渡文天祥投诚。

历史记载这一日天寒地冻，漫空飞雪。文天祥随狱卒来到枢密院，他看到孛罗之外，还有平章张弘范，另有院判、签院多人。天祥往厅堂中央一站，草草行了个长揖。

通事（翻译）喝道："跪下！"

天祥略一摆手："你们北人讲究下跪，我们南人讲究作揖。我是南人，自然只行南礼。"

孛罗听通事译完，气得乱髭倒竖。他吸取了阿合马的教训，决定先来个下马威。于是喝令将文天祥强行按跪。几名侍卫一拥而上，又拖又拽又按又压，强迫文天祥屈膝。奈何强按不是真跪，天祥仍奋力抬起头，双目射出凛凛的威光。

孛罗冷笑："文天祥，你现在还有什么话要说的呀？"

"天下事有兴有废，自古帝王将相，因国破而遭杀身之祸的，哪一代没有？"天祥亢声说，"我今日忠于大宋王朝，沦为阶下囚，只求速死。"

孛罗追问："就这些，再没别的了吗？"

天祥正色："我是宋朝宰相，国破，论职务唯有一死，战败被俘，按法律也唯有一死，还有什么其他可讲的！"

"你说天下事有兴有废，我问你，从盘古到咱今天，一共有过多少帝王呀？"孛罗摇晃着脑瓜，摆出一副蛮有学问的样子。

"莫名其妙！"天祥露出无限蔑视，"一部皇皇十七史，你让我从哪里说起呀？我今天又不是来赴博学宏词科，哪有工夫陪你闲扯！"

孛罗这才想到有点文不对题。但他是丞相，且负有劝降重任，所以不得不强自镇定。随后又挖空心思，多方诘难，企图从根本上摧毁文天祥的自尊，以便乘隙诱归。也真是，整个江山都已姓元不姓宋了，你一个文天祥，还倔强个什么？这当口，只要文天祥的膝盖稍微那么一弯，立马就可以获得高官厚禄。奈何，奈何他的膝盖天生就不会向敌人弯曲。"亦知戛戛楚囚难，无奈天生一寸丹！""忠肝义胆不可状，要与人间留好样！"文天祥打定主意就是誓死不降。孛罗忍受不了这种刺激，终于又归于了阿合马一路。他站起身，一掌扫落案上的杯盏，歇斯底里地犯吼：

"文天祥！你一味想死，我偏不叫你就死！我要囚禁你，让你求死不能，求生不得！"

天祥哈哈一笑，从留梦炎到赵显到阿合马到孛罗，已足以让他看出元朝统治者的黔驴技穷。他仰了一仰头，运气丹田，声震屋瓦：

"文某取义而死，死且不惧，你囚禁又能把我怎样？"

三

漫长的囚禁生涯开始了。

站在文明文化的角度看，这是人类的一场灾难。一个死去七百年犹然光芒四射的人物，一个再过七百年将依然如钻石般璀璨的人物，当年，他生命的巅峰状态，却是被狭小的土牢所扼杀，窒息。且慢，正是站在文明文化的角度看，这又是人类的一大骄傲。迄南宋以来，不，迄有史以来，东方爱国主义圣坛上一副最具典型价值的人格，恰恰是在元大都兵马司的炼狱里丰盈，完满。

说到文天祥的崇高人格，我们不能不想到他那些撼天地、慑鬼神的诗篇。请允许我在此将笔稍微拐一下。纵观世界文学史，最为悲壮、高亢的诗文，往往是在人生最激烈、惨痛的旋涡里分娩。因为写它的不是笔，是生命的孤注一掷。这方面，中国的例子读者都很熟悉，就不举了。国外太大，姑且画一个小圈子，限定在文天祥同一时代。我想到意大利的世界级诗人但丁，他那在欧洲文学史上具有划时代意义的《神曲》，便是在流亡生活最苦难的阶段孕育。圈子还可以再画小，比如威尼斯旅行家，仅仅早文天祥四年到达燕京的马可·波罗，日后也是在热那亚的监狱里，口述他那部蜚声世界的游记。本文前面提到的太史公司马迁和南唐后主李煜，亦无例外，他二人分别是在刑余和亡国之后，才写下可歌可泣的力作。观照文天祥，情形也是如此。在他传世的诗文中，最为撼人心魄的，我认为有两篇。其一，就是前文提到的《过零丁洋》；其二，则是在囚禁中写下的《正气歌》。

你想知道《正气歌》的创作过程吗？应该说，文天祥早就在酝酿、构思了。滂沛在歌中的，是他自幼信奉的民族大义；呼啸在歌中的，是他九死一生的文谏武战；最后，催生这支歌的，则是他的宁死不屈的坚贞，以及在土牢里遭受的种种恶浊之气的挑战。何为恶浊之气？关押文天祥的牢房，是一处狭窄、阴暗的土室，每当夏秋，外有烈日蒸晒，暴雨浸淫，内有炉火炙烤，加之朽木、霉米、腐土、垃圾，联合进攻，空气是坏得不能再坏的了。这时候的文天祥，愈加显出了他一腔凛然沛然浩然的正气，在常人难以忍受的恶劣环境里，照旧坐歌起吟，从容不迫。他把这些恶浊之气，总结为"水、土、白、火、米、人、秽"七种，并向天地宣称："彼气有七，吾气有一，以一乱七，吾何患焉！"——这就激发了他一生中最为高昂的《正气歌》。

让我们把镜头摇到公元1281年夏末的一个晚上。那天，牢房里苦热难耐，天祥无法入睡，他翻身坐起，点起案上的油灯，信手抽出几篇诗稿吟哦。渐渐地，他忘记了酷热，忘记了弥漫在周围的恶气浊气，仿佛又回到了"夜夜梦伊吕"的少年时代，又成了青年及第、雄心万丈的状元郎，又在上书直谏、痛斥奸佞，倡言改革，又在洒血攘袂，出生入死，慷慨悲歌……这时，天空中亮起了金鞭形的闪电，随后又传来了隐隐的雷声，天祥的心旌突然分外摇动起来。他一跃而起，摊开纸墨，提起笔，悬腕直书：

> 天地有正气，杂然赋流形。
> 下则为河岳，上则为日星。
> 于人曰浩然，沛乎塞苍冥。
> 皇路当清夷，含和吐明庭。

文天祥驻笔片刻，凝神思索。他想到自幼熟读的前朝英烈：春秋的齐太史、晋董狐，战国的张良，汉代的苏武，三国的严颜、管宁、诸葛亮，晋代的嵇绍、祖逖，唐代的张巡、颜杲卿、段秀实，他觉得天地间的正气正是充塞、洋溢在这十二位先贤的身上，并由他们的行为而光照日月。历史千百次地昭示，千百次啊：一旦两种健康、健全的人格走碰头，就好比两股涌浪，在大洋上相激，又好比两颗基本粒子，在高能状态下相撞，谁又能精确估出它所蕴藏的能量！又一道闪电在空中划过，瞬间将土牢照得如同白昼，文天祥秉笔书下：

　　　时穷节乃见，一一垂丹青。
　　　在齐太史简，在晋董狐笔，
　　　在秦张良椎，在汉苏武节。
　　　……

　　一串霹雳在天空炸响，风吹得灯光不住摇曳，文天祥的身影被投射到墙壁上，幻化成各种高大的形状，他继续俯身狂书：

　　　是气所磅礴，凛烈万古存；
　　　当其贯日月，生死安足论。
　　　地维赖以立，天柱赖以尊；

三纲实系命，道义为之根。

……

室外，突至的雨点开始鞭抽大地。室内，天祥前额也可见汗淋如雨。然而，他顾不得擦拭，只是一个劲地笔走龙蛇。强风吹开了牢门，散乱了他的头发，鼓荡起他的衣衫，将案上的诗稿吹得满屋飘飞，他兀自目运神光，浑然不觉。天地间的正气、先贤们的正气仿佛已经流转灌注到了他的四肢百骸、关关节节！

啊啊，古今的无穷雄文宝典，在这儿都要黯然失色。这不是寻常诗文，这是中华民族的慷慨呼啸。民族精魂在历史发展的紧要关头，常常要推出一些人来为社会立言。有时它是借屈原之口朗吟"哀民生之多艰"，有时它是借霍去病之口朗吟"匈奴未灭，何以家为"，这一次，便是借文天祥之口朗吟《正气歌》。歌之临空，则化为虹霓；歌之坠地，则凝作金石。五岳千山因了这支歌，而更增其高；北斗七星因了这支歌，而益显其明；前朝仁人因了这支歌，而大放光彩；后代志士因了这支歌，而脊梁愈挺。至此，文天祥是可以"求仁得仁"、从容捐躯的了，他已完成在尘世的使命，即将跨入辉煌的天国。

哲人日已远，典型在夙昔。

风檐展书读，古道照颜色。

　　写完最后四句，文天祥掷笔长啸。室外，滂沱大雨裂天而下，夹杂着摧枯拉朽的电闪雷鸣，天空大地似乎将要崩裂交合了。天祥凝立不动，身形俨如一尊山岳！